W0330458

Alto Braco

Du même auteur,
chez le même éditeur

Principe de suspension, 2017
(et « Piccolo » n° 151)

L'Enfant parfaite, 2021
(et « Piccolo » n° 177)

Les Brisants, 2023

Vanessa Bamberger

Alto Braco

LIANA LEVI *piccolo*

© Éditions Liana Levi, 2018

ISBN : 979-10-349-0839-4

www.lianalevi.fr

Pour ma mère et mon frère
À mes grands-mères

Nous menons une vie de racine, ignorant le
tronc qui nous prend notre sève.
Luc Dietrich, *Sapin ou La Chambre haute*

Je visais le cœur du Massif central, pays des secrets
villageois, des écrivains bizarres, des futaies du mystère,
des roches magmatiques et des bêtes du diable.
Sylvain Tesson, *Sur les chemins noirs*

I

Mises en bouche

1

Je me suis réveillée en sursaut, le bras gauche paralysé. Paniquée, je me suis frotté vigoureusement la peau. Le sang a recommencé à circuler, et j'ai retrouvé l'usage de mon bras. Il m'a fallu quelques secondes pour me débarrasser des rets du sommeil, reprendre mes esprits. Nous étions le 30 octobre et j'enterrais Douce.

Ce jour-là, une partie de moi allait aussi disparaître, ensevelie sous cette terre noire d'Aubrac que je connaissais si mal mais à qui je donnais, à qui je rendais ma grand-mère.

Les petits soupirs de la machine à café et l'odeur de moka brûlé m'ont apaisée. Il n'était que six heures. Je n'ai pas regardé mon téléphone, je n'ai pas voulu voir les dizaines d'appels manqués que Granita aurait inévitablement imprimés sur l'écran.

L'idée m'est venue de me faire des crêpes. Tous les soirs de sa vie, et bien qu'elle ait déjà passé la journée en cuisine, Douce jetait dans une casserole une noix de beurre et un grand verre de lait, cassait quatre œufs dans un petit saladier en inox pour les fouetter avec du sucre, de la farine, et une cuiller à soupe d'eau de fleur d'oranger. L'opération ne prenait pas plus de trois minutes. Ensuite, elle filait se nettoyer le visage et les yeux à l'aide de cotons imprégnés d'eau chaude – le démaquillant, c'est pour les feignasses –, enfilait une liquette de soie achetée dans les grands magasins et s'abattait sur son lit jusqu'au lendemain.

Ma grand-mère était descendue travailler depuis une bonne heure quand mon réveil sonnait. Chaque matin, trois crêpes parfumées enveloppées de papier d'argent m'attendaient sur la table en Formica bleu de la petite cuisine. Sa sœur, Annie, que tout le monde appelait Granita, dormait encore : elle était du soir.

Mais ce 30 octobre, je me suis ravisée, je n'aurais rien pu avaler.

Le taxi a glissé le long du trottoir de la rue Catulle-Mendès. Au-dehors, le ciel ressemblait à l'intérieur d'une coupelle en métal martelé, des gouttes en tombaient par à-coups, le genre de pluie dont on ne sait si elle va s'arrêter ou redoubler, et qui correspondait bien à mon état d'esprit. Mes propres réactions m'étonnaient toujours. J'étais capable de m'effondrer pour un rien et de résister aux plus grandes catastrophes. De passer du rire aux larmes en quelques minutes. Je n'étais pas douée pour la mesure : je tenais cela de mes grands-mères. Mais contrairement à elles, je n'exprimais jamais mes émotions devant des inconnus.

La petite silhouette maigre qui attendait en bas de l'immeuble a fait un signe désespéré, comme si elle avait peur que la voiture ne s'arrête pas. De part et d'autre des bottines de Granita, deux bagages : un énorme, en vieux cuir brun, qui lui arrivait à la taille, et un plus petit, à roulettes. Je n'ai pas cherché à comprendre, je ne lui ai pas reproché de ne pas m'avoir attendue dans l'appartement ainsi que je le lui avais recommandé, je l'ai embrassée vite fait et l'ai aidée à porter la grande valise. Elle était vraiment lourde.

Je me suis efforcée de ne pas lever les yeux vers l'appartement du premier étage mais je n'y suis pas parvenue. Un instant, il m'a semblé qu'apparaissait le visage de Douce à la fenêtre, celui qu'elle prenait pour m'attendre les soirs où je sortais. Quand il m'arrivait d'être raccompagnée, avant que le garçon ne puisse l'apercevoir, je m'empressais de signaler la présence possible d'une vieille voisine insomniaque, une folle dont il fallait éviter à tout prix de croiser le regard de crainte qu'elle crie et réveille tout l'immeuble. J'avais honte des grands gestes qu'elle m'adressait. En larmes, elle se passait la main sur le front puis sur le cœur pour montrer son soulagement, tout juste si elle ne faisait pas le signe de croix.

J'aurais tant aimé la voir gesticuler derrière la vitre aujourd'hui. Grimper les quinze marches qui me séparaient de la minuscule cuisine en faïence beige où, pour tromper l'attente, elle avait préparé un gâteau caramélisé aux poires dont la surface grillée revêtait l'aspect d'un entrelacs de dentelles. Tout juste démoulé, il fumait délicatement quand j'en saisissais une part. Comme d'habitude, Douce avait pris soin de le découper ; à cause de mon anxiété, ainsi qu'elle la nommait – depuis toute petite, j'avais la phobie des couteaux.

La félicité que j'éprouvais en mordant la pâte moelleuse n'était pas comparable au vague bien-être ressenti fugitivement quelques minutes plus tôt quand le garçon et moi avions partagé nos salives dans un doux roulis. Le vertige du fruit acide et brûlant fondant dans un claquement de langue, ma bouche s'emplissant de caramel craquant, de beurre chaud… J'avais toujours eu plus de plaisir à manger qu'à faire l'amour.

Mon regard s'est porté sur le rez-de-chaussée.

Le Catulle était «fermé pour cause de deuil». J'ai reconnu l'écriture de bonne élève de Granita sur le panneau en ardoise accroché à la porte du bistrot. Celui-là même sur lequel Douce inscrivait le plat du jour à la craie blanche.

Nous avons démarré en direction de Courbevoie. Dans le taxi, Annie n'a pas dit un mot, ce qui était pour le moins inhabituel. J'ai eu envie de placer ma main sur la sienne, qu'elle avait plantée dans le cuir de la banquette arrière, un dôme d'os tendu de cuir pommelé. À la place, j'ai doucement posé la semelle de ma chaussure sur l'avant de sa bottine. Elle avait de tout petits pieds et j'avais passé mon enfance à les écraser. Brune, tu as de si grands panards! gloussait-elle, si bien que je riais aussi pour lui faire plaisir. Je ne l'ai jamais priée d'arrêter, ni ne lui ai jamais avoué que mes pieds m'ont complexée toute ma vie.

Mais ses yeux gris ne se sont pas allumés, ses joues sèches ne se sont pas teintées de rose. Elle semblait fixer les grues qui hérissaient le ciel pâlissant mais je savais bien que dans l'ombre des poutres métalliques, c'était le visage de sa petite sœur qu'elle guettait, ses grands yeux sombres bordés de cils-forêts, sa peau lisse et rebondie. Et dans ces traits un peu de leur Aubrac natal. Car Douce Rigal avait emporté son pays sur son visage. Son front bombé, une prairie éclaboussée de lumière, ses dents blanches, des pétales de narcisse du poète, sa fossette au menton, une combe, son corps long et délié, la rencontre d'un chemin pierreux et d'un cours d'eau. Elle est aussi belle que le Nord-Aveyron, reconnaissait Granita. Juste avant d'ajouter, dommage qu'elle soit idiote.

Annie, pour sa part, s'estimait petite, maigre et noiraude. Le teint brûlé, l'œil enfoncé mais vif, le nez racé. En vieillissant, ma grand-tante s'était trouvé une ressemblance avec Alice Sapritch, qu'elle cultivait en s'habillant de longues jupes noires et de chemises blanches à col amidonné lui conférant un petit air de duègne. Je ne l'avais jamais vue s'acheter une paire de chaussures, encore moins un bijou ou du maquillage. Elle entretenait un rapport ambivalent avec son physique, revendiquait orgueilleusement son statut de laide, se moquait des coquetteries de sa cadette dont l'évidente beauté suscitait en elle un curieux mélange de jalousie, d'admiration et de pitié.

J'ai été élevée par mes deux grands-mères. Je faisais l'amalgame pour simplifier, mais cette formulation creusait toujours entre les sourcils de mon interlocuteur un sillon de surprise, jusqu'à ce que je rectifie : en vérité, ma grand-mère et ma grand-tante. Douce et Annie Rigal. Deux sœurs, oui. Non, pas de mère, elle est morte en accouchant. Alors les sourcils de la personne se fronçaient doucement, son regard s'assombrissait, et sur ses lèvres s'esquissait un petit sourire de compassion.

On accédait à la morgue du centre hospitalier de Courbevoie par un escalier métallique en colimaçon qui menait au parking. Là, un employé des Pompes Funèbres Barthot m'a précédée dans ce qui ressemblait à un utérus géant. Une pièce rectangulaire sans fenêtres, les murs tendus de tissu écarlate, le sol couvert d'une moquette carmin. Une grande croix de bois clair suspendue.

Je me suis demandé quel effet cela produisait sur ceux dont ce n'était pas le symbole référent. Puis je me suis rappelé que j'allais être servie dans les jours qui venaient. Le pays d'Aubrac était, paraît-il, planté de centaines de croix. Tous les petits-enfants des cafetiers parisiens ramenaient-ils les corps de leurs grands-parents sur le plateau ?

Bref, je me disais n'importe quoi pour retarder le moment de plonger mon regard à l'intérieur du cercueil ouvert qu'on avait disposé sur des tréteaux au centre de la pièce. De toute façon, rien ne pouvait être pire que ce que j'avais vu à la maison de retraite de la Croix-Rose.

Le jour où les voisins du dessus m'avaient appelée pour la troisième fois en moins d'un mois, j'avais compris que ma grand-mère ne pouvait plus rester chez elle. Le bistrot était fermé, Granita injoignable. Une fumée noire s'échappait du dessous de la porte de l'appartement. J'étais entrée en criant. On ne voyait pas à un mètre. Douce avait oublié le lait et le beurre des crêpes sur le feu. La casserole avait fondu. L'air était irrespirable. Cependant, je l'avais trouvée tranquillement installée dans le salon, à vingt centimètres de la télévision dont elle avait poussé le volume à fond : elle ne s'était aperçue de rien.

L'étage Alzheimer de la maison de la Croix-Rose.

Une seule fois en six mois, l'espace de quelques secondes, Douce avait pris l'air réjoui en montrant le drapeau par la fenêtre : je suis ravie d'être en Suisse, avait-elle dit. Le reste du temps, elle semblait terriblement triste.

Aucun autre mot ne me venait à l'esprit quand je la retrouvais attachée à son fauteuil, les vêtements tachés, les cheveux sales. C'est à la mode de se préoccuper du bien-être de nos animaux, mais on devrait aussi se soucier du bien-être de nos vieux, avançait Granita d'une voix docte. Si on mettait des caméras dans les maisons de retraite, on ne verrait pas que des belles choses.

Je me consolais en me disant que je ne pouvais pas savoir, tous ces endroits devaient se ressembler, j'avais essayé de faire au mieux, en fonction de nos moyens financiers qui n'étaient pas minables. Avoir l'air minable, c'était la terreur de mes grands-mères.

À la fin, Douce ne nous reconnaissait presque plus. Je me souviens m'être penchée sur elle pour l'embrasser, elle marmonnait quelque chose. J'avais fini par comprendre, c'était « Lacalm ». Le nom de son village natal qu'elle invoquait de plus en plus souvent ces derniers temps.

Dans la chambre mortuaire de Courbevoie, je me suis approchée du cercueil avec appréhension, comme on le ferait d'une vitrine de musée dont on sait qu'elle abrite une momie.

Couchée sur un capiton de soie champagne – un choix qui avait fait l'objet d'une âpre discussion dans le bureau des Pompes Funèbres Barthot, Granita ne jugeant aucune couleur digne de seoir à la complexion havane de sa sœur, expression délivrée un jour par une vendeuse de fonds de teint Dior –, Douce semblait gonflée à l'hélium.

J'avais laissé ma grand-tante décider de ses derniers vêtements et elle avait fait, pour le moins, un choix osé. Douce reposait dans la robe violette avec ceinture et col à broderies dorées qu'une cliente lui avait rapportée du Maroc. Ses cheveux étaient plaqués en arrière, une coiffure qu'elle n'avait jamais arborée de sa vie, en grande obsessionnelle des bigoudis. Un maquilleur fou lui avait peint les lèvres en rouge foncé et les paupières en turquoise. Sa fossette au menton avait disparu. Cela aurait pu être n'importe qui, de n'importe quel âge et cette idée m'a aidée, pour un temps, à fuir la réalité de sa disparition.

Interdite, j'ai regardé Granita s'avancer en traînant le gros bagage en cuir. Elle s'est penchée sur le cercueil et a embrassé sa sœur comme si elle était simplement malade. Je suis là, a-t-elle annoncé, je t'ai apporté plein de bonnes choses.

Elle a couché la valise sur le flanc et l'a ouverte au beau milieu de la pièce. Elle a commencé par déballer un objet enrobé de papier de soie. C'était le cadre en argent que ma grand-mère conservait sur sa table de nuit, entre les deux lits jumeaux de sa chambre.

Sur la photographie, Douce a quarante-deux ans. Elle vient d'emménager rue Catulle-Mendès et se tient bien droite au milieu du nouveau salon, le menton relevé et l'œil insolent, comme à chaque fois qu'on braque sur elle un objectif. À côté d'elle, une jeune fille chétive, un peu plus petite qu'elle : Rose, ma mère, l'air d'avoir quinze ans – elle en a dix-huit. Le nourrisson dans les bras de cette adolescente, c'est moi.

J'ai songé à l'autre cadre en argent, sur la table de nuit de Granita, dans la chambre située à l'exact opposé de celle de Douce, de l'autre côté du couloir. Une configuration inversée : les deux lits jumeaux, la petite table au centre, et Granita sur la photo à la place de Douce.

Ma mère était morte quelques jours seulement après qu'on ait pris ces photos.

2

Arrivées à Paris à la fin de l'été 1960, mes grands-mères avaient tout de suite commencé à travailler dans un bistrot d'Asnières, l'une comme serveuse et l'autre comme aide-cuisinière. Sans contrat, sans congés, sans déclaration ni jour de repos, la chambre de service au sixième étage avec WC au troisième, ma mère ballottée de droite à gauche. Le patron, un Nord-Aveyronnais originaire de Graissac, les avait à l'œil. Fais-moi ci, fais-moi ça, range les assiettes, essuie les couverts, épluche la lotte, le congre, la daurade. Fais tes preuves et après on verra. Il fallait de l'ambition et du caractère, ne rien lâcher.

Un an plus tard, on leur avait confié un bar en gérance appointée, un remplacement rue Baudin, à Levallois-Perret. Puis elles avaient pris un café en gérance propre à quelques centaines de mètres de là, *Le Demoiselle*, rue Danton, près de l'usine Citroën. Elles y étaient restées quinze ans.

L'important, convenaient-elles, et c'était bien la seule chose à propos de laquelle elles ne se disputaient jamais, était de ne pas prendre de vacances. Tout ce que tu gagnes, tu ne le dépenses pas, si tu peux travailler sept jours sur sept, tu le fais, si tu trouves des extras, tu les prends. Les journées, six heures – vingt et une heures pour l'une, neuf heures – minuit pour l'autre. Au début, Douce allait choisir le poisson à Rungis mais il lui fallait se réveiller à deux heures du matin si bien qu'elle était constamment ensuquée. Elles s'étaient très vite entendues sur deux priorités : vivre près du café et pas de Rungis. Douce téléphonait, passait sa commande, payait cinq pour cent plus cher mais renvoyait la marchandise si elle ne lui convenait pas. Elle renvoyait souvent.

Après vingt années passées à trimer pour les autres, mes grands-mères avaient acheté *Le Catulle* en vertu des mêmes critères : l'appartement du dessus, sombre et mal bigorné, affichait un panneau extérieur « À LOUER ».

La proximité ne constituait pas l'unique raison de leur choix. La rue Catulle-Mendès n'était située qu'à une centaine de mètres de Levallois, mais appartenait au XVIIe arrondissement de Paris, et devenir propriétaire d'une affaire à Paris c'était le rêve de Douce, qu'elle partageait, comme tout le reste, avec sa sœur. Un mélange de snobisme et de bon sens commerçant. La banlieue, c'est plus difficile niveau clientèle, on dépend trop des bureaux, des usines, des fermetures, se défendait-elle. C'est là, au-dessus du café, que j'ai grandi.

Notre appartement ressemblait à une nef d'église. Des deux côtés d'un couloir étroit orné d'un tapis persan, les chambres de mes grands-mères aux murs couverts de papier peint, rayures bleues et blanches pour l'une, carreaux verts et blancs pour l'autre, avec chacune un cabinet de toilette. Au milieu, en guise de transept, deux petites pièces : une cuisine carrelée de faïence et un salon meublé par un canapé deux places en velours vert olive, un fauteuil assorti et une télévision.

Pour un étranger, entrer dans l'appartement s'avérait une expérience olfactive. Chaque pièce possédait sa propre odeur. La cuisine sentait l'eau de fleur d'oranger et le lait chaud. Le salon, les rémanences d'une bougie parfumée à la poudre de riz, à la mandarine, au bois de cèdre ou à la figue, selon les saisons. Les chambres exhalaient chacune le parfum de leur occupante. *Narcisse Noir* de Caron, dans celle de Douce, qui avait l'habitude d'en vaporiser un nuage devant elle et d'y plonger. Elle trouvait cela chic et n'y allait pas de main morte, en dépit du prix exorbitant du flacon et des protestations de sa sœur. *Pour un Homme*, de la même maison, chez Granita qui n'aimait pas faire comme tout le monde, et dont c'était l'unique coquetterie. L'émanation de lavande vanillée reste pour moi indissociable de son petit corps bravache.

Un soir sur deux, je dormais dans le lit jumeau de la chambre d'une de mes grands-mères. Chacune son tour, sans déroger à cette règle fondatrice de leur arrangement. Je n'avais jamais pensé à la contester. Les choses les plus étranges restent naturelles tant qu'on n'en a pas connu d'autres.

Ce n'est qu'en classe de sixième qu'une de mes amies s'est étonnée de cette particularité. Je ne l'ai plus jamais invitée à goûter. Je n'ai plus jamais invité qui que ce soit. Personne n'avait le droit de se moquer de notre sanctuaire.

Quand je disais « ma mère est morte en accouchant », c'était pour simplifier. Rose s'était mise à saigner une semaine après ma naissance, au beau milieu du couloir de l'appartement. Le gynécologue avait oublié un morceau de placenta dans son utérus. Une hémorragie à la croisée du transept, sur le tapis persan.

D'un commun accord, Annie et Douce n'avaient pas entièrement nettoyé la tache. Avec le temps demeurait une auréole brunâtre. J'avais donc vécu de part et d'autre de ce tapis peu à peu changé en suaire.

Comme ma mère avant moi, j'ai déjeuné et dîné au bistrot, joué au bistrot, fait mes devoirs au bistrot. Nous ne prenions jamais de vrai repas à trois à table, notre vie commune s'en trouvait décalée. Annie et Douce engageaient une nourrice si nécessaire, il était impensable que l'une d'elles ne travaille pas pour s'occuper de moi, indispensable de cotiser, percevoir des trimestres, deux salaires pour évoluer. Elles me racontaient l'histoire d'un cousin bistrotier monté à Paris pour y travailler mais résidant à Trifouillis-les-Oies, à côté de Beauvais en l'occurrence, parce que sa femme voulait habiter à la campagne. Le type s'était collé un crédit de vingt-cinq ans, et chaque jour un paquet de cigarettes à l'aller, un autre au retour, et la fatigue des bouchons. Bientôt il serait trop vieux ou trop malade pour travailler. Il n'avait pas fini de payer sa maison qu'elle tombait déjà en ruines, comment allait-il s'en sortir ?

Lorsque je leur reprochais de ne jamais m'accompagner en vacances, elles se défendaient en arguant que le mot « congés » ne faisait pas partie de leur vocabulaire, pas plus que celui de « médecin ». Elles se prétendaient dures comme leur pays. Du temps de leur enfance, le chauffage central n'existait pas, en hiver la neige montait jusqu'à la taille, leur père devait les porter pour les amener à l'école chez les bonnes sœurs, et le reste de l'année le vent glacial et les kilomètres à parcourir pour récupérer les œufs et le lait les bottines pleines de boue.

Je n'ai pas, moi-même, été soumise à une telle rigueur. Mes grands-mères m'ont envoyée dans une école privée pour la discipline et la sécurité, en Angleterre pour la communication et la modernité, en Aubrac pour la tradition et la commodité, et aujourd'hui je suis fonctionnaire, je dispose de six semaines de congé, de RTT. Est-ce la raison pour laquelle j'ai toujours mal quelque part ?

Quand je leur demandais pourquoi elles n'étaient pas restées tranquilles à Levallois, au lieu de tout recommencer à Paris, elles se justifiaient en évoquant leurs gènes. Quand on se sent trop tranquille faut qu'on y retourne, c'est l'envie de posséder, tu comprends.

Non, je ne comprenais pas. Je ne croyais ni aux gènes ni aux racines attachant l'être humain à une seule terre. Je me définissais comme parisienne parce que j'avais été élevée ici. J'aurais aussi bien pu me sentir ardéchoise, madrilène, australienne… Il me semblait que le sentiment d'appartenance n'était qu'une construction de l'esprit, une histoire qu'on se raconte à soi-même. Je voulais bien croire à l'influence de l'environnement sur le corps et le mental, admettre que le pays de mes grands-mères les avait façonnées, faites dures comme le granit glacé, tranchantes comme le basalte, mais elles n'étaient pas nées ainsi. J'observais moi-même chaque jour les processus d'apprentissage face aux enfants de la crèche de Levallois-Perret dont j'étais la directrice. Ils imitaient mes gestes tels des dizaines de petits miroirs. Quand j'avais exposé ma théorie à Granita, elle m'avait fait taire d'un claquement de langue.

– *Miladiou*, on voit bien que tu n'as pas connu l'exil.

Je ne pouvais imaginer perdre l'appartement du premier étage. Granita y vivait seule depuis six mois mais voudrait-elle y rester, maintenant que sa sœur n'y reviendrait plus ? Je ne croyais pas qu'on puisse appartenir à un pays, mais à une maison, si. Une maison ou un appartement, peu importe dès lors que ses murs s'étaient imprégnés de nos émotions, portaient nos paroles. Une odeur unique, un refuge.

Déménager avait été une épreuve. J'habitais désormais un ancien atelier de la rue Descombes, à quelques mètres de la rue Catulle-Mendès, de l'autre côté de la porte de Champerret. Une amie restauratrice de tableaux me sous-louait un quarante mètres carrés en rez-de-chaussée, deux pièces qui sentaient encore le solvant et le vernis. J'aimais l'idée que cet endroit avait abrité des œuvres d'art, ces effluves d'un autre temps.

Chaque matin, je prenais le métro pour être à l'heure, mais le soir je rentrais à pied, je traversais le boulevard périphérique en savourant le trajet que mes grands-mères avaient mis vingt ans à accomplir.

3

En quelques minutes Granita avait recouvert le corps d'un fatras de vêtements, d'accessoires et de nourriture. J'ai reconnu les escarpins en cuir bordeaux que ma grand-mère ne pouvait plus porter depuis des années mais gardait en souvenir, son foulard imprimé panthère, un flacon de *Narcisse Noir*, un sac à main en peau de crocodile. On distinguait aussi, pêle-mêle, un morceau de rosette et un autre de saucisson sec cendré, du pâté de foie pur porc, un bocal de tripous. À côté de sa sœur, ma grand-tante avait déposé une bouteille de whisky et deux verres. Pour trinquer avec qui, je me le demandais, mais Granita avait l'air de savoir ce qu'elle faisait. Pour finir, elle a délicatement placé sur les jambes de Douce le mince châle en cachemire qu'en grande frileuse celle-ci ne quittait jamais.

Un officier d'état civil nous a rejointes pour assister à la fermeture du cercueil. Je lui ai adressé un petit sourire désolé mais il n'a pas même levé un sourcil. Il avait dû en voir d'autres. Ou alors il avait passé une mauvaise nuit.

J'aime bien imaginer que la vie des inconnus dont je croise le chemin est aussi compliquée que la mienne. Granita s'est toujours étonnée du curieux mélange que je formais : rageuse mais aucune confiance en elle, ça ne va pas être facile.

Au moment où l'employé des pompes funèbres s'apprêtait à sceller le couvercle, un éclair métallique a attiré mon regard. L'image de la lame d'un couteau au manche d'ivoire orné d'une abeille argentée s'est imprimée sur ma rétine. Granita avait coincé un Laguiole entre les mains croisées de sa sœur. Qu'est-ce qui l'attendait de si terrifiant de l'autre côté ? J'ai failli reprocher à ma grand-tante de m'avoir imposé cette dernière vision, mais le bruit du marteau m'en a dissuadée. L'homme a cloué le couvercle et ma grand-mère a disparu.

Je suis sortie sur le parking, cherchant des yeux le corbillard que j'avais réservé, un Renault Kangoo qui nous emmènerait à destination en moins de six heures. J'avais hâte d'en avoir terminé.

Nous avons patienté vingt minutes avant que l'employé des pompes funèbres ne vienne nous prévenir, l'air embêté, de l'accident dont le chauffeur avait été victime, rien de grave, mais la voiture en ressortait endommagée et aucune autre n'était disponible. Visiblement, les affaires des Pompes Barthot étaient florissantes.

– Alors quoi ? me suis-je agacée en le voyant tapoter sur le clavier de son téléphone.

– Monsieur Barthot s'en occupe personnellement, a-t-il fini par lâcher.

J'ai haussé les épaules avant d'aller vérifier ce que devenait Granita dans la chambre mortuaire. De loin, j'ai vu la courbure que formait son long cou maigre. La pointe de son menton touchait l'os de sa clavicule, ses yeux demeuraient clos. L'espace d'une seconde, j'ai cru qu'elle était morte elle aussi, mais mes pas l'ont fait sursauter.

À cet instant, l'employé est entré dans la pièce. Monsieur Barthot avait trouvé une solution, le véhicule serait là dans une quinzaine de minutes.

Quand le véhicule en question a passé les grilles du parking, j'ai eu un moment d'hésitation.

– Arrête de faire la trogne, Brune, a grincé Granita, que sa sieste avait revigorée. Ça va leur en boucher un coin, à tous ces bouseux ! C'est d'un chic. Douce aurait adoré !

– Monsieur Barthot a tenu à vous prêter sa voiture de collection, a précisé l'employé d'une voix aigrelette.

J'ai examiné la vieille guimbarde d'un air dubitatif, sa carrosserie double ton, crème et cerise, ses galeries de toit chromées, ses ailerons lui octroyant une vague ressemblance avec la voiture de *SOS Fantômes*. Une Simca Marly 1959, un break de luxe, une première à l'époque.

– Des modèles comme ça, on n'en fabrique plus.

– Des femmes comme Douce Rigal non plus, ai-je murmuré.

Dès que la Simca s'est engagée sur l'autoroute, je me suis assoupie. Quand l'anxiété m'assaille, je me réfugie dans le sommeil. Le phénomène est courant, paraît-il. La perte de mémoire qui l'accompagne, moins. Impossible de me souvenir de pans entiers de mon enfance, en particulier mes vacances sur le plateau.

Mes grands-mères m'y envoyaient pourtant passer chaque mois d'août chez leur cousine, Madeleine Calmel. Depuis mes quinze ans, je n'y étais pas retournée, je n'en éprouvais ni l'envie ni le besoin. Dans mon esprit, la région prenait désormais la forme des lettres inscrites au menu du *Catulle*: « Bœuf fermier Aubrac ».

Le visage de Madeleine m'échappait. Je conservais seulement de la vieille dame quelques souvenirs sensoriels, le goût de terre des carottes et des petits pois crus de son jardin potager, celui, acidulé, de sa confiture de gratte-cul mélangée à la mie de pain tiède. L'odeur doucereuse et puissante de son étable, du lait chaud et de la crème sucrée, le parfum des foins fraîchement coupés charrié par la brise.

Par instants, j'ouvrais un œil pour voir la tête de Granita osciller doucement, à la manière d'un petit enfant mécontent.

Quand je lui avais annoncé ma décision d'enterrer Douce à Lacalm, son visage avait pris l'expression butée qu'elle jetait par-dessus son comptoir à ceux qu'elle refusait de servir. Renommée pour ses compétences au bar – ce qui revenait à posséder les qualités d'une assistante sociale –, Annie avait le don pour renifler les cloches de bois. Mais elle écoutait avec attention chaque client, même s'il était lourd, abruti, mauvais, menteur, même s'il avait quatre grammes dans le sang. Et encore, reconnaissait-elle, les choses s'étaient drôlement calmées avec le temps.

Mes grands-mères accusaient les boulangers, les machines à expresso et le ministère de la Santé d'avoir tué les petits bistrots. À leurs débuts au *Demoiselle*, elles ouvraient à six heures, à cause de l'usine toute proche. Les ouvriers attaquaient au café belge, y compris les femmes. À onze heures, c'était apéro, pâté, rillettes, saucisson et vin blanc. Les employés des bureaux prenaient le temps d'une pause comptoir ou d'un déjeuner à table. Désormais, ils ne quittaient leur entreprise que pour faire la queue à la boulangerie et s'acheter un sandwich ou une salade.

Le métier était devenu difficile. La bouteille de calva fait l'année, regrettait Granita.

– Alors ça, un enterrement à Lacalm, je ne veux pas en entendre parler ! avait crié ma grand-tante. Douce aurait détesté.

– Eh bien, figure-toi qu'elle m'a suppliée de le faire quand elle était à la Croix-Rose.

– Elle n'était plus elle-même ! Elle n'a jamais voulu retourner là-bas, et toi, tu veux l'y enterrer ? Tu deviens folle à ton tour, ma parole !

Folle était un mot-clé du lexique de mes grands-mères. Elles se l'étaient si souvent jeté à la figure.

– Douce rêvait que je l'y emmène. Elle n'a jamais osé te le dire. Elle savait que tu ne comprendrais pas… De toute façon, c'est moi qui décide.

Les traits de Granita s'étaient animés d'une violence froide. Je ne lui connaissais pas cette expression.

– Qu'a-t-elle dit exactement ?

– Que tu avais voulu vendre la maison et qu'elle souhaitait la revoir une dernière fois, m'étais-je justifiée. Tu sais, je n'ai pas plus envie d'y aller que toi. Ce n'est pas chez moi là-bas, je ne me souviens même pas des vacances que j'y ai passées. Et je déteste la campagne.

Ma voix tremblait, j'avais de la difficulté à soutenir son regard brouillé par l'animosité.

Mes grands-mères m'avaient conté de nombreuses fois l'histoire de leur arrivée en région parisienne. Douce montée à Paris la première, rejoindre un garçon rencontré au bal du 15 août de Laguiole. Mon grand-père, fils d'Auvergnats de la deuxième génération installés à Courbevoie, mort dans un accident de voiture peu de temps après. Annie venue en catastrophe secourir sa petite sœur. Le nom de Rigal que Rose, ma mère, née hors mariage, avait été contrainte de porter.

Elles n'étaient jamais retournées en Aubrac. Par orgueil, et aussi parce qu'elles s'estimaient trop « sophistiquées ».

Sans jamais cesser de bavarder, elles restaient muettes sur leur petite enfance. Je savais seulement qu'elles étaient filles de boucher, et que, jusqu'à l'âge de vingt-trois ans pour l'une et vingt-cinq pour l'autre, elles avaient vécu au-dessus de l'établissement familial, à Lacalm, un village du Nord-Aveyron.

Lacalm se prononce « Lacan ». C'était un nom de code entre Annie et Douce. Dès que l'une disait quelque chose que l'autre réprouvait, on entendait la première crier « Lacalm ! » pour faire taire la seconde. Au fil des années, le nom de leur village s'était transformé en juron, et seulement cela. Je m'y étais habituée.

Cependant, à la Croix-Rose, Douce s'était mise à rêver de Lacalm. Dès que nous étions seules dans sa chambre, elle me suppliait de l'y ramener. Elle me parlait des vaches à la robe café au lait qui s'échappaient dans le *carriero* en direction de l'église les jours de foires, de l'odeur de sureau des prairies lacérées de soleil, de l'herbe aussi tendre qu'un morceau de gésier. Emmène-moi là-bas, je veux toucher une dernière fois la terre d'Aubrac, disait-elle. Même morte. Quelque chose d'indéfinissable à l'intérieur de moi m'avait convaincue de lui obéir, quelque chose de viscéral.

Le regard de Granita s'était radouci et elle avait concédé d'un ton placide :

– C'est vrai, c'est moi qui l'ai poussée à vendre. La maison coûtait cher à entretenir et nous n'y allions plus. Ta grand-mère était trop sentimentale. Mais nul n'est tenu de rester dans l'indivision.

L'ironie de cette remarque m'avait frappée, puisque toute leur vie elles avaient tout partagé, y compris ma mère et moi-même, mais j'avais senti qu'il valait mieux me taire. L'argent obnubilait Annie. L'idée de quelque chose qui coûtait sans rien rapporter devait lui être insupportable. Elle trouvait Douce horriblement dépensière. Celle-ci s'en défendait comme elle pouvait. Ce que tu es rance ! lui jetait-elle.

Je ne me souvenais pas de cette maison de toute façon, de même que je ne me rappelais pas celle de la cousine Calmel. Je n'avais plus abordé le sujet et fait comme si le retour du corps de Douce à Lacalm allait de soi. À ma grande surprise, Granita n'avait pas lutté davantage. Elle aussi avait peut-être envie de revoir son pays après tout.

Ce n'est que lorsque le corbillard a freiné brutalement, nous projetant toutes les deux en avant, que je me suis tout à fait réveillée. Nous avions quitté l'A75 et passé un panneau indiquant la direction de Saint-Flour. Le conducteur a ôté sa casquette dans un geste d'énervement. Dans le rétroviseur, j'ai réalisé qu'il s'agissait d'une femme. Je ne l'avais pas remarqué jusqu'ici, et pourtant je croyais posséder le sens de l'observation. J'ai inspecté son reflet dans le petit miroir. Sous sa coupe de cheveux courts et grisonnants, sa mâchoire paraissait aussi large que son front, ses pommettes s'effaçaient au profit de proéminentes bas-joues, un duvet blond s'épanouissait au-dessus d'une bouche mince en forme d'accent aigu. Un visage de loutre.

– Pardon, c'est à cause de « vase ». M'emmène là où je veux pas aller.

Exactement comme moi, me suis-je dit après quelques secondes en comprenant qu'elle parlait de Waze, le GPS.

– Je connais la route, l'a sèchement coupée Granita. Mais là, j'ai faim. On va s'arrêter à Saint-Flour.

J'avais suffisamment l'habitude des saillies de ma grand-tante pour saisir ce que cette affirmation recelait de menace. La conductrice a dû le percevoir également car cinq minutes plus tard, le corbillard prenait place le long d'un trottoir à l'entrée de la ville, sous l'œil interloqué des passants.

Nous nous sommes assises au comptoir d'un bistrot sans charme, carrelage blanc et plantes artificielles. Granita a commandé pour tout le monde un sandwich baguette à la saucisse sèche et un verre de marcillac, le vin rouge de la région. Mes grands-mères ne buvaient jamais d'eau car elles en exécraient le goût, seulement du vin, et pour Douce, un petit whisky à dix-neuf heures pétantes. Depuis l'âge de huit ans, elles coupaient mon verre d'eau du robinet avec quelques gouttes de vin rouge, un breuvage fade au léger goût de vinaigre que je croyais être du rosé et sifflais comme du sirop.

La conductrice a avalé son casse-croûte si précipitamment qu'il a fallu lui en commander un autre. Je n'avais jamais vu quelqu'un manger si vite. Ses joues se gonflaient l'une après l'autre, c'était fascinant. J'avais l'impression qu'elle mangerait indéfiniment, aussi ai-je tressailli quand mon téléphone a sonné. Le nom de mon père s'est affiché. Je n'ai pas répondu mais j'ai envoyé un message : « On arrive dans quarante-cinq minutes ». Je n'avais pas touché à mon sandwich, ni à mon vin.

– Eh bien, ça va faire bizarre, a commenté laconiquement Granita en finissant son verre. Quelle idée d'aller reposer avec ces cons… Quand on pense qu'ils ne sont jamais sortis de chez eux. Ils vendent leurs veaux en Italie sans même savoir où c'est.

Ma grand-tante réglerait ses comptes jusque dans la tombe.

4

La voiture grimpait vers les hauteurs, la végétation refluait. De gros rochers noirs ont surgi des prairies mordorées. Le volcan affleurait sous la terre, la perçant de bosses de lave. J'ai vu l'eau argentée passer sous de petits ponts de pierre et fouetter les mousses jaunies des coteaux, les collines ocre couronnées de nuages s'élevant en volute comme des fumées de cendre et à leur pied, des étendues immenses d'herbe de la couleur du vieil or. Le plateau de l'Aubrac. Je me suis figuré une Toscane froide, et j'ai aussitôt regretté cette image qui faisait de moi une touriste. L'Aubrac produisait immanquablement la même réaction chez ses visiteurs : on dirait la Mongolie ; on croirait la Nouvelle-Zélande, l'Australie, la Namibie, l'Islande, le Pérou, le Tibet, le Canada, l'Écosse… Derrière son comptoir, Annie hurlait de rire quand un client avouait connaître le Chili mais pas l'Aubrac. Ton Chili, il est à cinq heures de Paris en voiture, sans décalage horaire ! *Es un ase del basacle !* En général, l'âne s'en jetait un petit pour faire passer l'insulte.

Le plateau ressemblait, il est vrai, à certains paysages peu habités. Et comme eux, croyais-je en cet instant, il offrait l'immensité.

Des rubans de brouillard blanc filaient à toute vitesse dans le ciel d'ardoise. Un ciel jamais figé, apprendrais-je, à cause de l'écir, le vent de tempête qui, libéré comme par un mauvais sort, soufflait sans rencontrer d'obstacle. Car les prairies nues de l'Aubrac ne devaient rien à la nature mais aux hommes, aux moines qui dès le XIIe siècle avaient arraché la plupart des arbres du plateau pour en faire des pâturages, pensant dompter le vent, se croyant tout-puissants.

À peine Chaudes-Aigues dépassé, il s'est mis à pleuvoir. Sous l'effet de l'écir, la pluie tombait en oblique, fouettant la Simca qui tanguait doucement. Nous avons longé un grand talus. Le long de la pente, la terre apparaissait à découvert. Non pas noire telle que je m'y attendais, mais rouge sang. Curieusement, le spectacle de cette terre battue, écorchée, m'a réconfortée.

La conductrice a ralenti, redressé son buste et remis sa casquette. On aurait dit qu'elle préparait notre entrée.

La voiture a enfin franchi la pancarte « Lacalm » et un instant j'ai cru voir se dessiner « La ferme », j'ai cru entendre la voix de Douce. Tais-toi, taisez-vous, semblaient crier les milliers de gouttes froides qui crépitaient sur la route déserte comme de petits cailloux.

Nous avons longé l'enceinte du cimetière, censé offrir à ses occupants une vue panoramique sur les prairies attenantes et le Plomb du Cantal enneigé, mais l'horizon s'annonçait bouché ce jour-là. De l'autre côté de la route, l'ancien foirail, un assemblage de barrières métalliques témoignant qu'il s'était passé quelque chose ici. Le cimetière et le foirail se faisaient face, les fantômes des vaches voisinaient avec ceux des paysans. Le corps des vaches dans le corps des hommes, le corps des hommes dans la terre, comme il se devait.

On m'avait raconté qu'au début du siècle le village rivalisait de puissance avec Laguiole, le principal bourg de la région. Dans les années cinquante, Lacalm se montrait encore très animé. Le dernier village sur la route de Paris, ce n'était pas rien. Deux hôtels, onze cafés, deux restaurants, deux bouchers, trois épiciers, un boulanger, un cordonnier, un menuisier, un coiffeur, un forgeron, un primeur une fois la semaine, deux écoles, l'école des garçons et l'école des filles chez les sœurs. Une foire aux bestiaux par mois et deux messes le dimanche matin. Pourtant, c'était celui qui avait le plus perdu d'habitants depuis.

L'exode rural avait désertifié la région. La terre ne pouvait nourrir tous les enfants de paysans, alors c'était l'aîné qui reprenait, le fils, et ses frères et sœurs n'avaient pas d'autre choix que de quitter l'exploitation. Quant à ceux qui étaient restés… Les paysans souffraient en France. Je ne m'attendais pas à autre chose en Aubrac. Je m'attendais à la fin d'un monde. Je me trompais.

Nous sommes entrées dans le village.

Au prix de manœuvres hasardeuses qui lui ont valu les petits cris de Granita, la conductrice a réussi à garer le corbillard en équilibre sur le parking vide en contrebas de l'église. J'en suis sortie le plus vite possible, j'ai claqué la portière et je suis restée quelques secondes seule, sur la petite place. Douce prétendait que l'Aubrac était la région la plus froide de France. Il y neigeait en juin, se plaignait-elle. Ce jour-là, la température ne devait pas excéder les cinq degrés. L'air glacial portait une odeur de terre humide et de bois fumé.

Une rafale a balayé mes cheveux en tous sens. J'avais horreur de ça. Horreur du vent et d'être décoiffée. J'étais complexée par mes extrémités, mes pieds et mes cheveux, et si je m'étais faite aux premiers, les seconds occupaient toute mon attention. J'avais beau dépenser des fortunes en produits capillaires, coupes et brushing, rien n'y faisait, ils demeuraient mous, fins, minables.

J'ai regardé autour de moi. Je ne reconnaissais rien. Ne me rappelais rien. Ni la fontaine aux trois jets en forme de coquillage, ni le Christ blanc crucifié sur son immense croix de fer travaillé, ni les maisons de roche grise, certaines enduites de crépi, avec leurs toits en lauze de schiste et leurs volets clos, ni la vieille cabine téléphonique, l'église romane et son clocher carré.

De là où j'étais, je pouvais balayer du regard l'ensemble des commerces de la bourgade. Une épicerie-tabac, un hôtel-restaurant et un café, les deux derniers fermés pour la saison : tout ce qu'il restait. On distinguait encore les lettres peintes sur les façades des anciens établissements transformés en maisons d'habitation. « Hôtel du Midi », « Bar-Tabac ». Un petit village de montagne, rude et sombre, abandonné, voilà ce qu'était devenu Lacalm. Seuls le bruit de l'eau qui coulait de la fontaine et celui des rares voitures qui le traversaient en troublaient le silence. Et aussi les cloches de l'église qui se sont mises à sonner et que j'aurais préféré ne pas entendre.

– Tu parles d'un comité d'accueil, a soufflé Granita à mon oreille.

Elle m'avait rejointe et se tenait à mes côtés, les mains sur les hanches. Ses joues avaient rosi sous l'effet du froid, ses yeux brillaient. Elle avait bonne mine, me suis-je surprise à penser.

Désemparée, j'ai murmuré que je devais téléphoner à mon père.

– Ce n'est pas la peine, il est là, a-t-elle marmonné.

5

Serge Alazard s'est avancé avec l'expression mi-hagarde mi-embêtée qui le caractérisait. Son souffle se condensait dans l'air froid. Il s'est dandiné quelques instants, passant le poids de son corps malhabile d'un pied sur l'autre. J'ai pensé qu'il avait beaucoup changé en quinze ans, même s'il émanait toujours de sa personne la même réticence à communiquer ou à exister, je n'avais jamais pu décider. Je ne l'avais pas revu depuis son retour en Aubrac, depuis qu'il avait lâché son bistrot pour reprendre l'élevage de ses parents à Saint-Urcize, dans le Cantal.

Après la mort de Rose, il n'avait pas été question que j'habite avec mon père. Gérant du *Bar Bas'*, un bar-tabac à Bastille, Serge avait trop de travail pour s'occuper de moi, entre les sandwichs au saucisson à préparer, les bières à tirer et les centaines de cartons de cigarettes à déballer. Lui non plus ne prenait pas de jours de congé, ne partait pas en vacances. Je le voyais principalement aux fêtes et aux anniversaires. Il m'arrivait de dormir sur le canapé du petit studio qu'il occupait au dernier étage de l'immeuble du *Bar Bas'*. Petit mais impeccablement rangé, de cela je me souvenais.

Chaque 25 décembre, il m'emmenait déjeuner dans le bistrot d'un ami à Vincennes, un bel établissement bourgeois où l'on découpait encore le carré d'agneau devant les clients. C'était le service guéridon, à la française, avec loup flambé, crêpes Suzette, et douze sortes de fromages sous cloche. Ne sachant pas quoi me dire, il attaquait le déjeuner en commentant une assiette d'huîtres Gillardeau, charnues, croquantes, avec un petit goût de noisette. Arrivé au chateaubriand béarnaise, il s'attristait immanquablement de l'évolution des pratiques alimentaires. Les clients n'aimaient plus manger gras, si l'huile coulait d'une frite c'était le drame. Or la pomme de terre était superbe en février mais trop sucrée en mars, les bistrotiers se voyaient alors dans l'obligation de servir des frites surgelées, est-ce que j'imaginais un peu cette désolation ?

Ensuite, il se taisait. Je me forçais à le regarder découper au couteau son pavé, porter à sa bouche la pulpe ferme et sanglante. La viande était dure parce qu'elle était bonne, je savais au moins cela. Un peu de jus rouge coulait sur son menton, je réprimais un haut-le-cœur.

Arrière-petite-fille de boucher, je ne mangeais pas de viande de bœuf. Mon régime ne procédait pas d'un intérêt particulier pour le bien-être animal. Bien sûr, j'étais choquée par les images des abattoirs industriels surpeuplés, les poulets débecqués, les poussins broyés, les porcs à qui l'on tranchait la queue, meulait les dents, qu'on nourrissait d'excréments. Mais je n'avais pas modifié mon comportement pour autant. Je continuais de me nourrir de jambon, de poulet, sans me préoccuper de leur provenance, par flemme, par facilité, par goût. En revanche, je détestais la saveur de la viande rouge.

Mes grands-mères avaient tout essayé, elles qui adoraient le charnu, le goût persillé de la viande nervurée.

Pour moi, elles cuisinaient le pot-au-feu, la blanquette, le bourguignon, le sauté de veau, allez mon lapin, juste un *boucinou*, un morceau, mais je refusais d'y toucher. J'objectais qu'elles n'avaient pas l'air de faire le lien entre l'animal et le steak dans leur assiette. Elles m'assuraient du contraire, leur viande provenait de Nasbinals, de la boucherie du cousin Bernard, elles se réjouissaient de seulement manger les vaches qu'elles connaissaient, penser à la façon dont elle avait été produite donnait à la viande plus de saveur, davantage de valeur. Je les traitais de cannibales. Le troupeau ne faisait-il pas partie de la famille en Aubrac? Ignorant superbement mes paroles, elles continuaient de se régaler. Filet, araignée, poire, merlan. Elles s'emplissaient de la force de l'animal, incorporaient sa puissance et étaient désolées que je n'en fasse pas de même. Elles mangeraient de la viande jusqu'à leur mort: on a toujours fait comme ça.

Au dessert, crème caramel et profiteroles, mon père se levait pour discuter affaires avec son ami. Afin de ne pas lui déplaire davantage – j'avais déjà refusé de commander de la viande –, je gardais le sourire, et le silence. Je n'osais pas lui poser de question, peut-être parce que je sentais confusément qu'il ne saurait pas y répondre. Alors je restais là, coite, le visage brûlant.

Je n'avais pas compris sa décision de quitter son comptoir du *Bar Bas'* pour un pays dont il ne parlait jamais, un métier auquel il n'entendait rien, pourquoi il n'avait pas vendu la terre de ses parents, pourquoi il avait abandonné toutes les choses qu'il aimait et dont je faisais partie. Car il m'aimait, au moins un peu?

Je me doutais qu'il ne reviendrait jamais. Quant à moi, ma décision était prise. Je n'irais plus en Aubrac. Je ne marcherais pas avec lui le long du Bès, au milieu des genêts, des premiers narcisses, dans les effluves de gentiane et de sureau. Nous ne partagerions pas la saucisse sèche, les farçous et le vin blanc bien frais. Je ne verrais jamais la ferme de mes grands-parents, je ne respirerais pas l'odeur lourde et rance de l'étable, je ne carderais pas les bêtes musclées, au poil gras, je ne les aiderais pas à vêler, je ne mettrais pas les bouvillons à l'auge, les vaches à l'estive, je resterais auprès de mes grands-mères, à Paris, non loin du café, toute ma vie près du café.

À Noël et le jour de mon à anniversaire, je recevais des SMS que je laissais souvent sans réponse. Serge ne me manquait pas, je n'éprouvais pas grand-chose à son égard, du moins m'en étais-je persuadée.

Après son départ, mes grands-mères n'évoquèrent plus son nom, comme s'il était mort lui aussi. Elles semblaient soulagées. C'est qu'elles ne l'avaient jamais beaucoup apprécié, Annie en particulier. Je l'avais souvent entendue dire que ma mère était trop bien pour lui. Le couple Serge Alazard et Rose Rigal s'était formé à Paris par le biais d'une Amicale, l'un des nombreux produits de la bistrocratie auvergnate, ma mère était tombée très vite enceinte et ils s'étaient mariés dans la foulée. Ce n'était pas la plus belle histoire d'amour de tous les temps, sifflait ma grand-tante.

Sur la petite place de Lacalm, nous nous sommes dit bonjour avec maladresse. Il avait toujours eu le regard triste et semblait aussi désolé que moi. Après avoir salué Granita qui l'a ostensiblement ignoré, il a désigné la porte de l'église trapue. C'est par là. Je l'ai suivi. Le ciel apparaissait pâteux au-dessus de nos têtes, le silence régnait sur la place fantomatique.

En entrant dans l'église, je n'ai pas immédiatement pris la mesure du nombre de têtes qui se tournaient vers nous.

J'avais sollicité mon père pour m'aider à organiser les obsèques de Douce. Granita décrivait les habitants du plateau comme des humanistes terre à terre. Serge n'était pas plus croyant que les autres mais j'avais toujours entendu dire que là-haut le paysage vous prenait aux tripes, vous forçait à être un peu mystique. On ne peut pas vivre sur le plateau de l'Aubrac sans religion, déclarait Douce. J'espérais que certains auraient fait le déplacement, mais je m'attendais à une dizaine de personnes âgées tout au plus.

La stupeur m'a saisie. La petite église grouillait de monde et de bruit. Même la tribune de bois était pleine à craquer. D'un petit vitrail circulaire se déversait une lumière chaude qui frappait les chevelures d'un halo orangé, contrastant avec la grisaille extérieure.

Mon père m'a pris le bras et m'a guidée le long de la nef.

Au moment où je remarquais que le bénitier en forme de coquille était vide, une multitude de visages blancs, la plupart ridés, se sont tournés vers nous. Un ruban de papier mâché, une ondulation spectrale. J'ai marché avec un curieux sentiment d'irréalité, renforcé par les bouquets d'épis de blé séchés accrochés aux travées, vestiges d'un mariage récent. Pour me donner une contenance j'ai regardé au loin, vers les ogives grises et le lustre de cristal vieilli suspendu à une arche de pierre, vers l'autel rectangulaire taillé dans la roche, si grand qu'on aurait pu y allonger un corps. Un autel pour le sacrifice, ai-je songé, avant de m'apercevoir que je marchais sur un tapis, comme dans l'appartement de mes grands-mères. L'espace d'un instant j'ai cherché une tache, j'ai cherché ma mère.

J'aurais voulu retenir chaque trait, sonder chaque regard. Il existait sûrement quelqu'un dans l'assistance qui avait connu Douce et qui, en ce moment même, se souvenait d'elle courant pieds nus dans la prairie, jeune et puissante dans la lumière diffractée. Si je parvenais à capter un reflet de ma grand-mère vivante, alors je pourrais effacer l'image du cadavre boursouflé.

Soudain, un brouhaha s'est élevé du fond de l'église. J'ai lâché le bras de mon père et j'ai remonté l'allée en sens inverse, de peur qu'il ne soit arrivé quelque chose à Granita.

Ma grand-tante se portait à merveille. Sidérée, je l'ai regardée enchaîner les retrouvailles, les embrassades, les gloussements, écoutée faire ses commentaires. Pierrot, tu es si maigre, tu manges ton herbe ou quoi ? Armand, combien de couverts aujourd'hui ? La foule l'absorbait, Annie était chez elle.

Je l'ai observée prendre un air faussement modeste lorsqu'on l'a complimentée pour l'élégance du corbillard, j'ai vu un homme petit, moustachu bien que chauve, lui attraper la main et ne pas la lâcher, j'ai entendu une femme de son âge lui souhaiter la bienvenue en soufflant, c'est fini, maintenant, ils sont tous morts. De qui parlait-elle ? Granita l'a serrée dans ses bras en m'adressant un clin d'œil par-dessus son épaule. Elle ne finirait jamais de me surprendre. Je ne connaissais pas grand-chose aux vaches mais je n'ignorais pas qu'au sein d'un troupeau il y en avait toujours une pour se faire remarquer, et c'était ma grand-tante.

Le soulagement m'a envahie : j'avais bien fait de ramener Douce auprès de ses congénères.

6

L'homélie du père Fraysse se perdait dans l'air glacé. Le vieux curé se tenait courbé au-dessus du trou fraîchement creusé, et je craignais qu'une bourrasque ne l'y précipite. Au fond, il y avait les cercueils abîmés des parents de mes grands-mères, Renée et Baptiste, et aussi celui d'un certain Antoine. Leurs noms étaient gravés, notre concession à vie, mais ça ne voulait rien dire. J'étais la seule descendante de mes grands-mères et je n'avais pas d'enfant, je n'en aurais probablement jamais, en conséquence de quoi la tombe Rigal subirait sans doute le même sort que sa voisine, une concession abandonnée faisant l'objet d'une procédure de reprise. Si personne ne se manifestait, la mairie en reprendrait possession et la remettrait en circulation.

On ne voulait pas vivre à Lacalm mais on voulait y mourir. Entre les paysans d'ici et les cafetiers de Paris, la liste d'attente était peut-être longue. J'imaginais qu'en Aubrac, même la terre du cimetière s'avérait chère et disputée. Parmi ceux dont on réduirait le corps et jetterait les ossements à la fosse commune, certains s'étaient probablement battus toute leur vie pour conserver leur parcelle, tout cela pour en être expropriés à leur mort. On pouvait donc vous exiler du cimetière. La propriété ne se concevait pas à perpétuité. La terre n'appartenait à personne, c'en était bien la preuve.

À l'instant où l'on a descendu le cercueil, l'horizon s'est dégagé. Le Plomb du Cantal est apparu, une bande bleutée nappée de neige. Lacalm culminait à mille cent vingt-huit mètres, l'un des plus hauts villages du Nord-Aveyron, et offrait, depuis son cimetière, une vue splendide.

J'ai avisé la mer d'herbe en contrebas. Un troupeau de vaches y paissait à l'écart d'un taureau dont l'encolure noire ressemblait à un collier sacré, image inscrite dans un décor antédiluvien.

En Aubrac, la splendeur surgissait de partout, même les animaux y étaient plus beaux qu'ailleurs. J'ai croisé le regard mélancolique d'une mère. Elle l'a détourné pour se concentrer sur le petit veau qui la tétait, et j'aurais pu jurer que dans ses yeux bruns passait de la tendresse.

Au-dessus des bêtes, le ciel. Plus grand que la terre, il occupait les deux tiers de mon champ de vision. Le paysage semblait presque trop vaste pour mon regard. Comme à l'église, une vague apaisante m'a traversée à la pensée que ma grand-mère reposait dorénavant au milieu des pierres volcaniques, face à la steppe brune, dans le ciel minéral. Trois rectangles superposés, on n'était pas sur le toit du monde mais ça y ressemblait. Le nom Aubrac ne provenait-il pas d'*alto braco*, haut lieu en occitan ?

Le vent avait encore forci et cette fois les nuages cédèrent. Ils se cabrèrent et commencèrent à rouler, le bleu creva le ciel en un jet de peinture, des faisceaux de lumière se braquèrent sur la prairie, chassant les ombres et les bêtes dans une course folle. Les échappées de lumière se succédaient avec une rapidité incroyable, une scène balayée de projecteurs, des flashes qui crépitent. La tombe s'est éclairée, le bois du cercueil a pris l'éclat d'une noisette polie. Le corps de Douce serait désormais gonflé de terre et non plus d'organes, tel l'ours en peluche qu'elle m'avait offert enfant, mon ami imaginaire dont j'avais découvert un jour avec stupéfaction qu'il contenait de la paille. J'ai pris une grande inspiration, un parfum d'humus m'a emplie, je n'avais plus froid.

La plupart des gens présents à l'église étaient montés au cimetière. Une aubaine, la répétition générale avant la Toussaint, l'occasion de vérifier l'état des tombes, deux jours pour nettoyer, commander les chrysanthèmes en plastique, les pots lestés de métal, car sur le plateau, en cette saison, les assemblages de fleurs fraîches ne résistaient pas à la rigueur du climat.

L'homme qui tenait la main de Granita pendant la cérémonie est venu me parler. Il froissait son béret entre les paumes de ses petites mains blanches. Je lui ai immédiatement trouvé la mine sympathique, avec ses yeux bleus en forme d'écailles, sa moustache italienne taillée au coupe-chou, son crâne chauve. Il devait avoir dans les soixante ans.

– Tu te souviens de moi? Je suis Bernard, ton cousin, a-t-il dit cérémonieusement.

Le cousin Bernard, le boucher de Nasbinals, celui qui fournissait en viande *Le Catulle*. Le fils de Madeleine Calmel chez qui je passais mes vacances d'été, petite. Je lui ai ouvert mes bras.

Bernard sentait les huiles essentielles, la mousse de chêne et le santal. Je l'ai entendu chuchoter contre ma poitrine que sa vieille maman était malheureusement partie cinq ans auparavant. Elle lui parlait souvent de moi et de ma mère, elle nous aimait beaucoup.

– Je vois que vous vous êtes retrouvés. Ça tombe bien, Bernard propose de nous héberger ce soir, m'a informée Granita d'une voix neutre.

Je me suis de nouveau étonnée que ma grand-tante tienne si bien le choc. Elle n'avait pas cillé lorsqu'on avait descendu le cercueil de sa sœur dans le trou.

– Mais… ai-je balbutié, j'ai réservé un hôtel à Laguiole, c'est plus près. On doit repartir tôt demain matin…

– Un hôtel, tut tut tut, s'est insurgé Bernard avec bonhomie. Pas ce soir. Ce soir, vous restez en famille !

Il a resserré son étreinte. Moi qui croyais que les Aveyronnais n'étaient pas liants. Taiseux, solitaires, difficiles d'accès, difficiles tout court, ainsi les décrivait Granita. Mais très, très forts en affaires.

7

Bernard se déclarait lozérien, pas aveyronnais, ce qui faisait toute la différence, ainsi qu'il l'a souligné dès que nous nous sommes mis en chemin vers Nasbinals. Il a voulu savoir si je me souvenais de la ferme, de sa mère, du pays, et j'ai répondu timidement, non, pas très bien, j'en étais désolée.

Nasbinals ressemblait à Lacalm en plus gros et plus vivant. La même architecture vernaculaire, un village minéral, une corpulente église en granit, un clocher octogonal plus large que haut dominant de lourdes maisons rocheuses, des toits de lauze aux éclats mordorés, des vieilles dames en collants chair courbées sous le poids de leurs paniers en osier, car ici le commerce prospérait.

À cette époque de l'année on ne pouvait pas s'en apercevoir mais le village se situait sur la route de Saint-Jacques-de-Compostelle et drainait dès le printemps une horde de randonneurs affamés, pour qui Bernard avait développé toute une gamme de bocaux et conserves, pâté de campagne, pâté de tête, terrine au jambon, terrine de bœuf, saucisse à l'huile, et le célèbre pâté de foie pur porc Calmel dont Granita avait introduit une boîte à l'intérieur du cercueil de Douce.

La demeure du cousin se situait à quelques centaines de mètres de la Poste, en lisière du village. Un ancien corps de ferme restauré au pied d'un *puech*, une colline. Un bâtiment tout en longueur, baies vitrées, murs de granit gris et quelques moellons de basalte noir en ruban autour de la porte, pour faire joli. Un souvenir m'était revenu en la passant : petite, dans les prés, je jouais à distinguer la roche cristallisée du basalte. Je n'y parvenais pas toujours car avec le temps, les pierres s'étaient marbrées de lichen et, au soleil d'été, prenaient la même teinte cuivrée. Au granit je préférais la lave, dont on m'avait expliqué qu'elle surgissait des volcans comme de la pâte à crêpes. Dans mon imaginaire d'enfant, elle était donc sucrée et descendait du ciel. Au vrai, je l'apprendrais, le massif granitique de l'Aubrac n'avait jamais connu d'éruption, la lave s'écoulant à travers les fissures de la terre. Celle-ci se panachait des deux matériaux, et c'est le gâteau marbré inscrit par Douce à l'ardoise du dimanche qu'elle m'évoque désormais.

Je n'ai pas non plus reconnu le jardin potager. Je visualisais une immense prairie fleurie, un plan d'eau argentée, une petite étable vide, or je ne retrouvais rien de tout cela, ni étable dans la maison de Bernard, ni prairie ou étang aux alentours comparables à ceux dont je croyais me rappeler. Mais je ne faisais aucune confiance à ma mémoire défaillante. Je connaissais le secret de la fabrication d'un souvenir : la première fois, on se rappelait l'événement ; la deuxième, le souvenir de l'événement ; la troisième, le souvenir du souvenir, et ainsi de suite. Il finissait par devenir la réécriture d'un passé lointain.

Que je n'en possède aucun de l'intérieur de la maison était au moins compréhensible, puisque Bernard l'avait complètement dénaturée, a persiflé ma grand-tante en découvrant les travaux d'aménagement que son cousin semblait pourtant fier de lui présenter.

À peine entrée dans la chambre de Madeleine, que nous allions partager cette nuit-là, elle a foncé vers le crucifix accroché au-dessus du lit et s'est hissée sur la pointe des pieds pour l'embrasser, un geste qui m'a laissée pantoise. Ma grand-tante n'était pas du genre grenouille de bénitier. Bernard l'observait du coin de l'œil en lissant sa fine moustache. Maman n'a pas tant souffert, a-t-il cru bon de spécifier. Granita a haussé les sourcils d'un air de dire qu'elle n'en croyait pas un mot, après quoi elle a aboyé en occitan quelques mots incompréhensibles. Tout cela m'a semblé très étrange.

Une fois Bernard sorti, j'ai interrogé Annie au sujet de Madeleine Calmel. Elle a lâché un curieux gloussement dont je n'aurais su dire s'il était de chagrin ou de rire. Comment était Madeleine, physiquement? Encore plus laide qu'elle. Toute petite, maigre, bossue. De son profil ne dépassait qu'un bout de nez, qu'on avait sauvé à la suite d'un accident: petite fille, elle s'était fait attaquer par un chien. Lui en restait une longue cicatrice en forme d'arête de poisson qui filait de son menton jusqu'à la base des narines puis bifurquait vers sa pommette droite. Effectivement, ai-je songé, elle ne devait pas être jolie à voir, c'était peut-être pourquoi je l'avais effacée de ma mémoire. Mais elle était drôlement intelligente et faisait très bien la cuisine, a ajouté Annie dans un murmure respectueux.

Jusqu'à ce jour, je ne m'étais jamais demandé pourquoi mes grands-mères m'envoyaient l'été chez leur cousine et non chez les parents de mon père à Saint-Urcize. Je n'ai pas eu le temps de poser la question, Granita descendait déjà l'escalier.

Une petite dizaine de personnes allaient et venaient sans bruit à travers le salon. Parmi elles, Nicole, la femme de Bernard, aussi frisée qu'il était chauve, aussi ronde qu'il était mince. Elle nous avait chaleureusement accueillies avant de reprendre le cours de ses activités, bras en avant. Entre la boucherie, le potager, le linge, le ménage, la cuisine, et sa fille qu'elle aidait à la ferme, elle ne s'asseyait jamais. Mais elle aimait ça, avait-elle couiné de sa voix enfantine en guise de présentation et d'excuse, tandis qu'Annie hochait la tête, l'air de penser : quel cinéma, elle dispose du chauffage central et de machines à laver, tout le confort moderne.

Les autres invités se sont présentés mais je n'ai retenu qu'un seul prénom, celui de Clémence, la fille de Nicole et Bernard.

Je ne savais pas bien ce que je fichais là, face à une assiette débordant d'échantillons de pâtés Calmel, entourée d'inconnus qui pour certains se disaient de ma famille, alors même que le seul qui aurait pu prétendre à ce statut, mon père, avait quitté le cimetière à peine la dernière pelletée de terre jetée sur le cercueil de Douce.

Percevant mon désarroi, Bernard s'est assis à côté de moi et a entrepris de dessiner une carte du plateau afin de m'expliquer la différence entre Aveyronnais et Lozériens. Son dessin se montrait précis, minutieux, cet homme-là savait y faire avec ses mains. Des petites mains blanches aux ongles propres qui ne ressemblaient pas à des mains de boucher. Un frisson m'a traversée tandis que je les imaginais découper le quartier arrière de la vache, la cuisse et l'aloyau, le dessus du dos et les côtes, détailler les muscles, les séparer des peaux et des nerfs, trancher la chair grenat, détacher les morceaux soyeux qu'on retrouverait précieusement présentés en vitrine, afin que les nécrophages urbains continuent d'ignorer le lien entre le vivant et la viande. Tel un artiste, Bernard escamotait le réel, transformait la vérité pour en faire quelque chose de supportable.

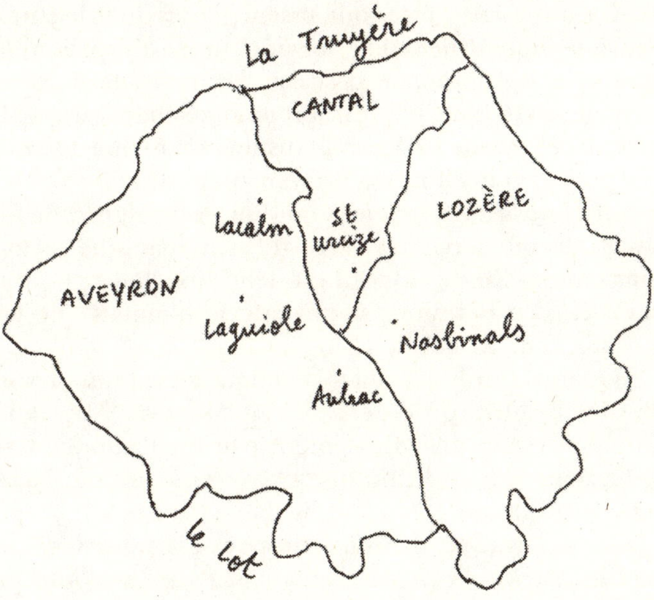

Carte du plateau de l'Aubrac dessinée par le cousin Bernard

D'une voix chantante, il m'a parlé de l'Auvergne. L'Aveyron n'en faisait pas partie, le savais-je ? L'Auvergne d'Annie et de Douce Rigal, Aveyronnaises parisiennes héritières des bougnats, se révélait être un périmètre culturel, presque folklorique, ne possédant pas les mêmes frontières que l'Auvergne-région, laquelle excluait l'Aveyron: les gens ne savent même pas où ils partent en vacances.

Le même mot pour deux endroits, encore une construction de l'esprit, les contours d'un territoire ne demeuraient jamais figés.

Bernard s'est interrompu pour me proposer un apéritif. Il se prévalait d'être connaisseur, j'avais donc le choix entre la liqueur de coing, le vin de noix d'Espalion, la gentiane d'Aubrac, le pastis aveyronnais, le Tonton myrtille-châtaigne, et le Birlou pomme-châtaigne, a-t-il énuméré comme s'il les avait distillés lui-même. Quand j'ai poliment décliné, il a brièvement pris la tête légèrement contrariée de celui à qui l'on refuse un cadeau, avant de me servir un verre de marcillac que je me suis empressée de vider. Il est délicieux, l'ai-je complimenté, n'en pensant pas un mot. Je n'aimais que les bordeaux et les vins de Loire.

Quant à l'Aubrac, m'a-t-il expliqué en reprenant son dessin, beaucoup de gens se rendaient en Auvergne ou en Aveyron mais finalement peu sur l'Aubrac. Car – l'ignorais-je ? – on ne disait pas « en » Aubrac, mais « sur » l'Aubrac.

Le plateau se trouvait formé, a-t-il poursuivi en soulignant de la pointe de son crayon les contours de la carte, de trois morceaux de trois départements, l'Aveyron, le Cantal, et la Lozère, qui s'emboîtaient comme les pièces d'un puzzle, chaque partie conservant son caractère, ses particularités, même si la récente création du Parc naturel régional de l'Aubrac en promulguait l'unité.

Le long des vingt-cinq kilomètres qui séparaient Lacalm de Nasbinals, j'avais traversé ces trois départements en trente minutes sans noter la moindre différence entre les paysages, les bâtiments, les coutumes. Partout j'avais vu les forêts de hêtres et d'épicéas entrecouper les prairies, et les murets de pierre sèche, les tourbières verdâtres, les moraines brunes, les boraldes argentées, les lacs métalliques, les vaches caramel, les fermes modernisées, partout le même alliage de replats et de crêtes, d'herbe brûlée et d'infini brumeux. Le même vent furieux, la même lumière stroboscopique.

Mais l'homme veut toujours croire à la singularité de son petit territoire.

– Alors comment distingue-t-on un Lozérien d'un Nord-Aveyronnais ? l'ai-je questionné, par politesse plus que par curiosité. À cet instant précis, je n'avais qu'un souhait, me glisser dans mon lit parisien, avec comme perspective pour le lendemain une journée de travail à la crèche, un roman, une soirée cinéma suivie d'un Mojito à la mémoire de Douce et de son petit whisky quotidien. Pas de ce vin dont le goût de fruit rouge commençait à m'écœurer.

C'est Granita qui m'a répondu :

– Le Lozérien est peureux et méfiant, il se pose trop de questions, et pas les bonnes. Il est jaloux de l'Aveyronnais. Sauf toi, hein mon Bernard, toi tu es une exception ! Bon, quand est-ce qu'on mange ?

Quand j'ai, à contrecœur, rejoint les autres dans la salle à manger, des effluves de viande grillée m'ont fait vaciller. J'avais bu trois verres de vin rouge à jeun et la tête me tournait. Autour de la grande table tendue d'une nappe blanche brodée, une dizaine de personnes m'attendaient. Je n'en connaissais pas une seule. Sauf mon père. Il était venu, ainsi que je l'avais secrètement espéré. En mon for intérieur, j'ai maudit Bernard de m'imposer ce dîner d'étrangers. J'aurais préféré que nous nous retrouvions seuls, Annie, Serge et moi, seuls avec le souvenir de Douce. Mais j'avais été bien élevée, je saurais me tenir. Nicole s'est précipitée pour me conduire près de Granita. De l'autre côté, le couvert était mis mais la chaise demeurait inoccupée.

– Personne ne pourra prendre cette place-là, alors je l'ai laissée vide, pour ta mamie, a pépié Nicole.

J'ai esquissé un sourire de remerciement et je me suis assise, le visage tourné vers Granita, mais celle-ci avait déjà commencé à manger et ne faisait pas attention à moi. Quant à mon père, il conversait avec la fille des Calmel, éleveuse comme lui. Je me suis servi un nouveau verre de vin.

– Annie, pour vous revigorer, je vous ai préparé du touril, du rumsteck et de l'aligot, a continué Nicole. Et en l'honneur de Douce, j'ai sorti la nappe en dentelle de Madeleine et ses jolis couteaux Boyer.

Elle a agité sous mon nez l'un des couteaux, un Laguiole dont le manche d'ivoire était incrusté d'une abeille en argent et qui m'a semblé en tout point identique à celui que Granita avait déposé dans le cercueil de Douce, après quoi elle a porté la main à sa bouche, le geste d'un enfant qui vient de faire une bêtise.

À la vue du plat de rumsteck, la nausée m'a prise.

– Granita, je ne me sens pas bien, ai-je murmuré en lui saisissant le bras.

Ma grand-tante n'a pas réagi. Elle avait pourtant parfaitement entendu. Brune, je ne vois pas bien mais je ne suis pas sourde, me rappelait-elle constamment. Elle a continué de manger sa soupe, son cou noueux penché au-dessus de l'assiette creuse.

J'aurais voulu que ma grand-mère soit à mes côtés. Douce se montrait démesurément soucieuse de ma santé. Elle redoutait tant l'accident qu'elle m'interdisait l'équitation, le patin à glace, le trampoline et la gymnastique rythmique. Elle menaçait de me tuer si elle me surprenait à l'arrière d'une moto et se faisait violence pour me laisser aller seule à l'école et en colonie de ski, poussée par Annie qui ne la laisserait pas me transformer en *piote*, une fille peu dégourdie, comme Rose, ma mère. Pendant des années, j'ai réclamé un vélo. Douce n'a jamais cédé.

Était-ce la tristesse, la fatigue, la nausée, l'alcool, l'indifférence de Granita, je ne sais pas ce qui m'a pris, j'ai attrapé mon couteau et je l'ai laissé tomber exprès. Le Laguiole a fait un bruit mat en tapant mon assiette vide. Un éclat de porcelaine a ricoché sur la nappe.

Tous en sont restés pétrifiés, à commencer par mon père. J'ai jeté un œil à Granita. Elle attaquait son steak, imperturbable.

– Pardon, je n'aime pas la viande, ai-je balbutié, un goût de sang dans la bouche.

Je n'étais plus moi-même.

– Et je ne supporte pas les couteaux.

– Lacalm, Brune ! a lâché ma grand-tante sans me regarder, comme si ce mot qui réduisait sa sœur au silence possédait le même pouvoir hypnotique sur moi.

– Arrête avec tes Lacalm, ai-je rétorqué en continuant de jouer avec le Laguiole.

Quelques secondes se sont écoulées avant que je ne réalise que je m'étais mise à gratter la nappe de la pointe du couteau. Si ça continuait, j'allais finir par faire un trou, mais je ne pouvais pas m'arrêter.

Granita s'est levée et a prié les invités de quitter la salle à manger. Tous se sont dépêchés d'obtempérer, sauf Bernard. Ma grand-tante m'a pris des mains le Laguiole et l'a posé sur la table.

Elle m'a examinée longuement, douloureusement, tandis que Bernard secouait doucement la tête.

Je garde en mémoire l'inquiétante expression de crainte qui se peignait sur leur visage.

Enfin, Annie s'est résignée à parler. Elle regrettait, a-t-elle concédé dans un souffle, ne pas s'y être décidée avant, mais Douce ne supportait pas l'idée que je l'apprenne de son vivant, elle en avait trop honte.

Je me suis demandé de quoi il pouvait bien s'agir, puisqu'en trente-huit ans je n'avais jamais surpris mes grands-mères à avoir honte ou peur de quoi que ce soit.

Puis Bernard s'est éclipsé, Granita a commencé à raconter et je n'ai plus pensé à rien.

8

Avant d'ouvrir une boucherie, Baptiste Rigal, le père d'Annie et de Douce, travaillait comme cantonnier aux Ponts et Chaussées. Il allait à cheval l'hiver. Partait déneiger sur Alpuech le lundi matin et on ne le revoyait plus que le vendredi soir. Pendant ce temps, leur mère gardait les enfants du village. Renée avait toujours un ou deux nourrissons dans ses bras. Elle s'en occupait à la manière de petits veaux, leur flattant le dos et leur palpant les fesses, elle avait même conçu une sorte de parc pour les y installer, au beau milieu de la salle commune. Ses vêtements toujours tachés de lait caillé et d'urine dégoûtaient Douce. Mais celle-ci était facilement écœurée. Peu à peu, elle s'était persuadée d'être une enfant adoptée : elle était plus grande que tous les membres de sa famille et trop sophistiquée pour cette terre. Renée lui avait donné une bonne raclée le jour où elle lui avait posé la question. Ce n'était pas une tendre, la mère Rigal.

Douce venait de fêter ses huit ans quand Renée avait décidé d'ouvrir une boucherie à Lacalm. Il y avait bien de la place pour deux au village. Elle avait trouvé un pas-de-porte, convaincu son mari. Dès que Baptiste abattait une bête, le garde champêtre passait dans le village avec le clairon, « la boucherie Rigal a tué une vache », et les clients affluaient aussitôt – les chambres froides, ça n'existait pas en ce temps-là. Baptiste faisait des tournées de campagne en camion. Renée tenait la caisse et le carnet de commandes.

Un été, la famille avait déménagé au-dessus de la boucherie, dans la petite maison de pierres sèches que la mère avait fait enduire de crépi gris, sur le *carriero* du foirail. Les enfants avaient grandi parmi les carcasses, les salaisons, les sacs d'os pour la potée, entre la chaleur odorante du séchoir et le froid saisissant du dehors, des différentiels de température qui leur valaient d'être tout le temps enrhumées. Douce haïssait le nouveau métier de sa mère, encore davantage que le précédent.

Baptiste et Renée n'avaient jamais voyagé, pas même à l'occasion de leur mariage. Une seule fois, ils étaient partis deux jours à la mer en famille. Toute une expédition. Ils étaient tombés en panne sur la route et à peine arrivé Baptiste voulait déjà repartir, de peur que le boucher de l'église ne leur pique la clientèle. La mère avait opiné du bonnet, surtout qu'elle crevait de chaud, mais la vérité c'est qu'elle crevait de honte dans ses vêtements de paysanne sur la plage de La Grande-Motte. Douce, qui n'avait que onze ans, s'était bruyamment moquée d'elle, en patois, pour que personne ne comprenne mais que tout le monde sache ce qu'ils étaient dans le fond, *païsans*. Ambivalente comme toujours. Elle avait déclaré qu'elle ne serait jamais bouchère, ses parents ne devaient pas compter sur elle pour tenir leur étalage de chair en morceaux, elle avait l'intention de voyager, elle gagnerait sa vie en cuisinant, d'ailleurs Madeleine Calmel avait promis de lui apprendre.

La mère s'en fichait pas mal, Annie reprendrait le commerce. C'était pour Antoine, son petit dernier, qu'elle avait de beaux projets. Renée lui donnerait sa montagne, la belle parcelle d'estive dont elle avait hérité et que les Calmel lui louaient. Baptiste n'avait pas voulu de la ferme de ses beaux-parents, il refusait de sentir la vache, alors elle n'avait pas eu d'autre choix que de la vendre. Mais elle avait gardé le pâturage d'altitude. Le fils *chargerait* la montagne, deviendrait l'éleveur qu'elle n'avait pu être, le lien avec les Anciens ne serait pas rompu.

En attendant, elle économisait de quoi acheter une mère de race pure et un taurillon, notant furieusement le moindre centime gagné. Dans chaque macreuse vendue, chaque jarret, chaque paleron, chaque plat-de-côtes, elle voyait battre un pouls. Sa future vache prenait vie. Renée Rigal possédait une connaissance fabuleuse des bêtes, elle savait reconnaître du premier coup d'œil une génisse de qualité, à l'aspect de ses pis, son aplomb, la ligne de son dos, devinait d'instinct si l'index d'aptitude au vêlage était élevé, car une vache aubrac devait être capable de vêler seule, c'était son atout, la clé de préservation de la race.

Son père lui avait transmis son savoir. Un ancien dresseur de bœufs, des bêtes renommées vendues le 29 août à la grande foire de Lacalm. Ah, tout ce qu'on leur devait par ici ! Les maisons, les monuments, les églises… Les bœufs de trait faisaient fonctionner le pays. Chaque semaine sainte, en l'honneur de son père, Renée faisait abattre par Baptiste non pas un mais deux bœufs gras. Les villageois ne mangeaient de la viande, bouillie, qu'une seule fois par semaine, bœuf bourguignon ou pot-au-feu. À l'occasion des fêtes, ils s'offraient les morceaux nobles, grillés au feu de bois.

Une veille de Pâques, Renée avait sommé Douce d'aller porter un bout de filet à une vieille paysanne sur la route de Cantoin. Douce avait refusé tout net. C'était trop loin, il faisait un de ces cagnards, un temps de juin à faire éclore les jonquilles, elle avait la flemme. Annie avait proposé de s'y rendre à sa place. La mère s'était agacée, chez les Rigal on n'a pas *la cagne*, avait-elle affirmé en tapotant la tête du fils, le seul dans cette maison à qui elle accordait un peu de tendresse. Lui n'en avait cure, tout occupé qu'il était à capter l'attention d'Annie.

Antoine adorait sa grande sœur, son insolence, son énergie. Annie faisait tout mieux que les garçons, jouer aux quilles, monter aux troncs des frênes, plonger dans l'eau glaciale du lac de Saint-Andéol, attraper les écrevisses à la main, courir dans la neige, construire une cabane d'épines, grimper le long des dykes, les roches magmatiques, franchir les barbelés. Il trouvait à son autre sœur des airs dolents, faussement alanguis. Douce ressemblait à ses poupées de porcelaine et de chiffon. Mais Antoine voyait bien qu'Annie n'avait qu'une seule idée en tête, impressionner sa cadette, la tirer de sa léthargie, lui montrer qu'il n'existait pas de plus beau terrain de jeu que l'Aubrac, de plus belle vie qu'ensemble. Elle avait peur que Douce la quitte pour monter à Paris. Elle se fichait complètement d'Antoine, le *gastadou*, le chouchou.

Douce, Annie, Antoine. La mère grommelait, ils lui faisaient penser à des génisses. Il ne fallait pas croire que les bêtes étaient idiotes, chaque vache avait sa personnalité, son rôle. La débrouillarde qui ne se fait pas remarquer et mène sa vie dans son coin : Antoine.

La grande gueule, toujours arrivée la première : Annie. Celle qui ne se lie pas avec les hommes : Douce. C'était quand même pas la peine de me donner un prénom de vache, se plaignait cette dernière. Si tu les aimes tant pourquoi tu les tues ?

On observait parfois entre trois vaches un système en triumvirat. Renée le retrouvait chez ses enfants. Antoine fuyait Douce mais pas Annie. Annie rejetait Antoine mais pas Douce. Une combinaison qui occasionnait le désordre, soupirait-elle. Une fratrie, c'était comme un troupeau de bêtes, il y en avait de plus fragiles que d'autres, certaines supportaient mieux le mauvais temps.

Toi aussi, tu as *la cagne*? Tu veux que j'y aille, Annie ? avait suggéré le petit. Distraitement, celle-ci avait accepté.

Antoine avait saisi le morceau de viande et enfourché le vieux vélo du père, vêtu d'une chemisette et d'une culotte courte. Il pédalait de toutes ses forces quand il avait raté un virage.

Il s'était tué dans le grand tournant de la route de Cantoin. Il avait dix ans. Douce et Annie, douze et quatorze.

En l'apprenant, la mère était devenue *cabourdasse*, démente. Elle ne dépassait pas le mètre cinquante et ne pesait pas plus de quarante kilos, cependant elle avait ramené elle-même le corps de son fils depuis le lieu de l'accident. Remontant seule à pied la route de Cantoin, elle avait surgi dans Lacalm, le petit cadavre dans les bras. Une vision atroce. Annie et Douce avaient dû le lui arracher des mains, Renée ne voulait pas le lâcher. C'est de votre faute s'il est mort, ne le touchez pas ! Elles n'avaient pas réussi à faire sortir Baptiste du séchoir dans lequel il s'était enfermé et boxait une carcasse comme s'il s'agissait d'un sac de frappe.

Un mois était passé, enveloppant les Rigal d'une brume noire qui les tenait à distance des autres.

Peu à peu, le père s'était remis à découper la viande. Mais il buvait sec, désormais, et restait prostré de longues heures, les yeux dans le vague. L'alcool ne le rendait pas méchant, de toute sa vie il ne frapperait jamais que des chairs mortes, mais c'était comme s'il disparaissait petit à petit. Ses contours s'estompaient. Il « s'assauvagissait », disait la mère. De son côté, Renée avait recommencé à compter, néanmoins il lui arrivait de plus en plus souvent de se tromper. À quoi bon, ergotait-elle, égrenant son chapelet au fond de l'église. À quoi bon puisqu'il n'y aurait jamais de vache ni de taurillon sur sa belle terre d'estive.

La mort d'Antoine avait effacé le triangle. À la place, une ligne droite entre les deux sœurs, dont l'une avait obtenu de l'autre qu'elle ne soit jamais brisée.

Elles resteraient ensemble, toujours, elles se l'étaient promis. Une *pacha*, un accord verbal tel qu'en concluaient les maquignons à la foire de Lacalm et que rien ne pouvait rompre. Chacune des parties devait respecter sa parole sous peine de châtiment : de nuit, sans témoins, l'accusé était roué de coups à l'aide du *drelhier*, le bâton de foire de l'Aubrac, ferré et cravaté de cuir. Parfois il ne se relevait pas. C'était la justice de Laguiole.

Quelque temps après la mort d'Antoine, Douce avait décroché un emploi de cuisinière à la *Ferme du Taureau*, un bistrot laguiolais. Sa patronne la jugeait si douée qu'elle lui avait proposé de la placer à Paris, chez son beau-frère. Quand Douce avait raconté ça à la mère pour se faire mousser, Annie n'avait pas desserré les dents.

Puis Douce s'était entichée d'une des serveuses du restaurant, une *tortorogne,* une imbécile qui la suivait comme un petit chien. Une grande chose molle bourrée de grains de beauté. Tous l'appelaient la grande Éliane. Tandis qu'Annie aidait à la boucherie, corrigeait les comptes, tenait la caisse, tranchait le jambon et découpait les trains de côtes, Douce et la grande Éliane couraient les *banquetous* et les bals de la région.

Aucun garçon ne trouvait grâce aux yeux de Douce. Elle ne fréquentait pas, mais elle adorait les robes et elle adorait danser.

La mère laissait faire, elle avait d'autres chats à fouetter, entre Baptiste dont la vigueur diminuait chaque jour un peu plus et le boucher de l'église qui profitait de leur malheur pour voler la clientèle.

Un temps, elle avait eu en tête de marier Douce. Quel paysan ne se réjouirait pas de rentrer pour gendre dans leur famille, se récupérer d'un seul coup la plus belle montagne et la plus belle fille de l'Aubrac ?

Il est vrai que Douce n'avait jamais été aussi belle que le jour du mariage de la grande Éliane avec Maurice Boyer, l'héritier d'une fameuse coutellerie de Laguiole, un gars d'une vingtaine d'années au front bas. Tout le monde avait remarqué qu'elle ressemblait à Ava Gardner dans sa robe bleu marine à pois blancs achetée à Espalion, avec ses boucles noires, sa fossette au menton, ses yeux de chat, ses sourcils épilés, même si le curé n'avait pas apprécié ses nu-pieds qui laissaient voir ses ongles peints en rouge.

En sortant de l'église, la mère l'avait tirée par le bras pour lui présenter le fils Fareillol, de La Trinitat, vingt mères et autant de veaux, dix doublonnes et deux taureaux, Jovial et Candide. Douce avait hurlé, l'accusant devant tout le monde de vouloir la vendre comme une génisse à un paysan mal bragué.

Annie avait supplié Renée de laisser sa sœur tranquille. Est-ce qu'on imaginait Ava Gardner ramasser la bouse de vache en nu-pieds ? Elle-même travaillerait dur à la boucherie, et qui sait, peut-être parviendrait-elle à convaincre Douce de l'y seconder. Peut-être l'une ou l'autre aurait un jour un fils, qui deviendrait éleveur et reprendrait la terre d'estive *ça nôtre.* Ainsi Annie parvenait-elle à apaiser la mère, qui s'en retournait au fond de la galerie de l'église prier les instances supérieures pour le salut de l'âme d'Antoine, dans la lumière orange du petit vitrail circulaire et l'odeur de moisi, avec dans un coin de la tête l'image du futur petit garçon de Douce, puisqu'il était peu probable qu'Annie, avec sa figure tel le cul d'un rétameur, soit jamais apariée.

Et de nouveau, elle avait des visions de sa terre d'estive peuplée de bêtes parfaites.

Les années passaient. Annie tenait la boucherie à bout de bras et Douce accomplissait des merveilles dans la cuisine de la *Ferme du Taureau.* Les clients venaient de Chaudes-Aigues et même d'Espalion pour ses tripous et sa fouace, son civet de lièvre et sa truite aux lardons, sans oublier son incroyable gâteau à la broche qui lui avait valu des applaudissements au mariage d'Éliane et de Maurice.

Les deux sœurs continuaient de dormir ensemble à l'étage de la petite maison en crépi. Chaque soir, la patronne de Douce la ramenait du restaurant vers vingt-deux heures trente. Annie passait sa soirée à l'attendre. Dès que la cadette franchissait la porte, l'aînée la pressait de questions. Comment était-ce aujourd'hui, combien de couverts, qui avait-elle vu, après quoi elle s'attablait avec allégresse devant le plat que sa petite sœur ne manquait jamais de lui rapporter, arrimée à ses beaux yeux noirs.

Un soir, entendant le bruit du moteur, elle avait regardé par la fenêtre. Au volant de la voiture, à côté de Douce, elle avait reconnu Maurice Boyer. Peut-être la patronne l'avait-elle sollicité pour qu'il raccompagne sa sœur ce soir-là ?

Les jours suivants, elle avait continué de guetter par la fenêtre. Et tous les soirs, Maurice ramenait Douce.

Annie n'avait rien dit. Mais un matin, quand Douce s'était levée précipitamment pour vomir, elle avait enfoncé sa tête dans l'oreiller, la bouche ouverte sur un cri silencieux. Elle venait de comprendre que leur vie sur l'Aubrac était terminée.

Il avait bien fallu le dire à la mère, la voir se rouler par terre en s'arrachant les cheveux, quelle honte, quelle humiliation, sous le regard absent du père qui ne bougeait plus de sa chaise, les bras ballants, ces bras autrefois si forts qui les portaient dans la neige, ces bras qui tranchaient les os, taillaient les muscles.

Il avait fallu affronter la grande Éliane, puisque Maurice était son mari, Éliane elle-même grosse d'un enfant à venir, la voir se décomposer, s'affaisser à terre, puis se relever et hurler, maudire Douce, la traiter de salope.

Il avait fallu partir, loin de Renée qui l'agonisait d'injures du matin au soir, *arne*, parasite ! Une fille mère, avec le mari de ta meilleure amie en plus, *macarel !* Garce ! Tu es pire qu'une bête, les vaches, au moins, elles trichent pas !

– Demande-moi de venir avec toi, et je viendrai, avait dit Annie. C'est le pacte. Rester ensemble, toujours.

– Je te le demande, avait répondu Douce.

– Tu partageras ?

– Oui.

– Je l'aimerai autant que toi, peut-être plus.

– Je sais.

II

Hors-d'œuvre

1

À mon réveil, Granita ne se trouvait plus à mes côtés. Une curieuse sensation de légèreté m'a envahie, avant que les révélations de la nuit passée ne ressurgissent, d'abord une à une, lentement, puis de plus en plus vite, comme des bulles d'eau bouillante.

De toutes ces confidences, une seule me contrariait vraiment, la trahison dont ma grand-mère s'était rendue coupable. Plaçant la camaraderie féminine au-dessus de tout, je m'enorgueillissais, à défaut de mener à bien mes histoires d'amour, de réussir mes amitiés. Il me semblait qu'une relation avec un homme marié était moins condamnable si on ne connaissait pas sa femme – c'était mon cas. Depuis quelques mois, j'avais pour amant Max Hermand, cinquante ans, deux fois marié. Je n'en étais pas fière, c'est pourquoi je tâchais d'y penser le moins possible.

Avant d'éteindre la lumière, Granita avait murmuré :

– Ta grand-mère n'en faisait qu'à sa tête. Je ne la comprenais pas mais ce que je voulais, c'était qu'elle reste avec moi.

Elle avait accompagné ses paroles d'un petit sourire triste qui m'avait donné envie de la serrer dans mes bras.

Depuis toujours, Douce m'apparaissait comme quelqu'un d'insouciant, menant sa vie avec légèreté, sans laisser de traces, contrairement à sa sœur dont l'exigence et le mordant imprimaient une marque indélébile dans le matériau poreux dont nous étions faites, ma grand-mère et moi. J'avais tout faux. De même que la lave avait pénétré la terre de l'Aubrac, Douce avait traversé Annie, Douce était de basalte, et non l'inverse. Est-ce grandir que prendre conscience qu'on s'est trompé sur ceux qu'on aime ?

J'aurais pu éprouver de la colère, après tout on m'avait menti. Au lieu de quoi une forme d'apaisement me gagnait. Je comprenais enfin la raison de mon appréhension des couteaux.

J'avais consulté, bien sûr, on m'avait rangée dans la catégorie des personnalités anxieuses, on m'avait rassurée sans me guérir. Les thérapies m'avaient aidée, en quelque sorte, à trouver l'endroit où le tuyau était percé, pas pourquoi, elles n'étaient pas des machines à remonter le temps, mon cerveau gardait peut-être dans ses circonvolutions la mémoire de chaque instant mais il ne se dépliait pas à volonté.

Je n'avais jamais mentionné mes rendez-vous chez le psychologue à mes grands-mères. Toutes deux ne comprenaient pas ce besoin que les Parisiens avaient de dégobiller devant des inconnus. Là-haut, sur l'Aubrac, me garantissaient-elles, un psy n'aurait aucune chance !

Alors je m'étais faite à ce qu'elles considéraient davantage comme un léger handicap qu'une phobie, j'essayais de l'oublier, ce qui s'avérait compliqué puisqu'il est difficile d'échapper aux couteaux dans la vie ordinaire, a fortiori la vie de bistrot.

J'ai regardé ma montre. Dix heures passées. Nous avions raté le train de Saint-Flour. Depuis ma chambre, j'entendais Granita et Nicole s'affairer en cuisine. J'ai descendu l'escalier et marché jusqu'à la porte d'entrée sur la pointe des pieds, mes chaussures à la main, et c'est ainsi que j'ai surgi dans le jardin, en chaussettes, sans manteau. Il m'a semblé qu'il faisait encore plus froid que la veille. Une pluie lourde tombait en jets erratiques, mes cheveux volaient devant mes yeux et je n'ai pas tout de suite remarqué la silhouette adossée au mur de la maison.

Protégé par son toit de lauzes, dont Granita m'avait certifié la veille qu'il lui en avait coûté au moins cent mille euros, Bernard fumait une cigarette. Me voyant apparaître, il l'a écrasée d'un geste sec du talon et s'est inquiété de mon état. J'allais très bien, mais pouvais-je lui emprunter sa voiture, j'avais une course à faire, j'en aurais pour une heure environ.

Malgré sa taille et son statut de capitale de l'Aubrac, Laguiole m'a semblé aussi désert que les autres bourgs de la région. La rue principale accueillait une succession de restaurants, coutelleries, magasins, habitations aux voilages opaques, la plupart désemplis.

La pluie forcissait dans le ciel blême. J'ai couru m'abriter sous l'auvent d'une boutique, puis d'une autre, jusqu'à trouver celle que je cherchais. Sur la devanture, en lettres noires, était inscrit : « Boyer & fils, maîtres couteliers depuis 1904 ».

La coutellerie m'a rappelé la chambre mortuaire de Courbevoie. Moquette, murs tendus de velours frappé, tout avait la couleur du sang, comme si les centaines d'ustensiles exposés étaient doués d'une vie propre et avaient déjà accompli leur œuvre. L'éclairage était savamment orienté, on se serait cru dans une salle d'armes de musée ou de château. Accrochés aux murs, ordonnés sur des tables, dans des vitrines, des coffrets, en éventail ou bien alignés, les couteaux semblaient avoir été disposés par un scénographe cabotin. Petits, grands, à pain, huître, poisson, beurre, fromage, saucisson, pamplemousse, de chasse, à dépecer, désosser, évider, émincer, éplucher. Et bien sûr, les couteaux à viande, leurs lames effilées, leurs manches de corne, d'ébène, d'ivoire, de nacre, de bois de violette, bois de rose, pistachier, bois de cerf, de dent, d'os, de carbone, de sable, de corail, d'aluminium, de fer. Tous incrustés d'une abeille argentée, emblème de la maison Boyer. Des objets magnifiques, aussi précieux que des bijoux, mais eux s'avéraient utiles. En Aveyron, on ne fabriquait rien de superflu.

J'allais battre en retraite quand un homme d'une trentaine d'années, un grand type à la chevelure indisciplinée, au visage juvénile ponctué de quelques grains de beauté, a surgi de l'arrière-boutique.

Sous l'effet de la surprise, il s'est statufié. Et puis, à mesure que les secondes passaient, ses traits se sont éclairés d'un sourire accueillant et il a prononcé mon nom. Il m'avait reconnue, à la faveur de mon profil Facebook qu'il avait souvent consulté.

Abasourdie, je l'ai moi-même fixé sans répondre.

Des mois durant, Douce m'avait imploré de créer un compte sur le réseau social. La petite-fille de son amie Simone y avait été retrouvée par un garçon très bien avec qui elle était à l'école, avançait-elle. J'avais fini par céder pour qu'elle me fiche la paix. Régulièrement, elle me demandait des nouvelles de mon « contour ». Elle semblait très déçue que ça ne donne rien. Qu'aurait été sa réaction si elle avait su qu'il avait permis à mon cousin germain de m'identifier en quelques secondes ?

Car devant moi se tenait Gabriel, fils unique de Chantal Boyer, elle-même seule enfant de Maurice et Éliane Boyer, à croire que dans cette famille on casse le moule après le premier né, a-t-il murmuré avec un petit rire nerveux.

– Excuse-moi, a-t-il ajouté, je ne veux pas être indélicat.

– Comment sais-tu que j'existe ? ai-je péniblement articulé, m'obligeant à le tutoyer.

Petit, son *papète* lui avait tout raconté. Maurice n'avait personne d'autre avec qui partager ses souvenirs alors il lui parlait souvent de Douce. Gabriel se doutait qu'à la mort de celle-ci, Annie me révélerait ma véritable ascendance. Ma venue ne l'étonnait pas.

Douce avait été le grand amour de son grand-père. Est-ce qu'on me l'avait dit ? Est-ce qu'on m'avait dit que c'était ma grand-mère qu'il voulait épouser, pas Éliane ? Qu'il l'aimait ? Qu'elle l'aimait aussi mais l'avait repoussé pour ne pas faire de peine à son amie ? Que ma grand-mère s'était sacrifiée ? Qu'un soir, peu de temps après le mariage, Douce et Maurice s'étaient laissé emporter, et que de cet unique égarement était née Rose, ma mère ? Est-ce que ma grand-tante m'avait bien expliqué tout cela ?

Je n'ai pas réussi à prononcer un seul mot. Tout ce que j'ai pu faire, c'est hocher la tête. Je ne me voyais pas lui avouer que Granita avait omis un ou deux détails.

Et puis, la façon qu'avait Gabriel de me parler si familièrement du secret que ma grand-mère avait tu jusque dans la tombe me sidérait. À sa place, je n'en aurais pas été capable. Il avait la même façon de s'exprimer que

Douce – elle aussi faisait les questions et les réponses –, la même bienveillance dans le regard.

Chantal, sa mère, lui avait interdit d'essayer de me contacter. Par loyauté, il avait obéi. Elle avait haï Douce toute sa vie, imitant sa propre mère, Éliane. Mais nous n'avions, lui et moi, aucune raison de porter la charge des erreurs de nos aînés, n'est-ce pas ?

Son visage s'est fait plus grave. Il n'avait pas beaucoup de famille ou d'amis dans le coin. Seulement une amoureuse. À vrai dire, il étouffait dans cette boutique qu'il avait été obligé de reprendre, forcé de perpétuer l'œuvre de quatre générations de Boyer. Passionné de botanique, il aurait rêvé d'être guide et endossait parfois ce rôle pour le plaisir. Si je le souhaitais, il pourrait m'emmener à la découverte du pays. Découverte n'était pas le bon mot, a-t-il aussitôt corrigé, plutôt retrouvailles. Désolé, s'est-il de nouveau excusé, il se savait trop bavard.

Subjuguée par ce garçon qui me ressemblait si peu, j'ai accepté. Toute ma vie j'avais rêvé d'un frère ou d'un cousin comme Gabriel, j'étais si jalouse de mes amies qui n'étaient pas, comme moi, fille unique, et partaient l'été en cousinades. À l'époque où je m'emmêlais encore les pinceaux, confondant mère et grand-mère, il m'arrivait de supplier cette dernière, qu'elle se débrouille enfin pour me fabriquer un petit frère ! Douce prenait l'air désolé. À la place, tu ne veux pas un gâteau aux pommes ?

Gabriel a saisi d'autorité mon téléphone pour y inscrire son numéro. Puis il m'a embrassée trois fois sur les joues avant de m'offrir un magnifique couteau au manche d'ébène, que j'ai déplié et gardé à la main sous le coup de l'émotion, si bien que lorsque je suis entrée dans la boutique de vêtements d'à côté, la vendeuse a eu un mouvement de recul.

– Vous êtes la cousine de Bernard Calmel ? m'a-t-elle interrogée, une fois tranquillisée.

Je l'ai dévisagée en retour, médusée. Comment l'avait-elle deviné ?

– J'ai vu sa voiture, sur le parking. Alors c'est vous, la petite-fille de Douce Rigal…

L'information circulait donc à la vitesse du vent par ici. Malgré la sensation d'immensité qu'il offrait, le plateau de l'Aubrac était minuscule, quarante kilomètres de long, vingt de large. Bien qu'on s'y sente isolé, au milieu de nulle part, il s'avérait impossible d'y pénétrer sans se faire remarquer, et ce constat m'a instantanément oppressée.

– Je n'ai pas pu me rendre à l'église, à cause du magasin, a poursuivi la vendeuse d'une voix nasillarde. Mais ma maman y était. Yvonne Causse. Elle et votre grand-mère allaient à l'école ensemble, chez les sœurs. Avant sa maladie, Douce lui téléphonait régulièrement. Elle la chargeait de porter des fleurs sur la tombe de ses parents. La fois où elle est revenue au pays, elle est passée la voir. Elle était si belle, encore…

– Vous êtes sûre ?

On m'avait toujours assuré que ma grand-mère n'était jamais retournée à Lacalm. Un mensonge de plus.

La femme m'a lancé un regard surpris alors je me suis dépêchée d'acheter une parka. Je voulais rentrer le plus vite possible chez les Calmel. Granita me devait encore quelques explications.

2

Dans sa cuisine, Nicole tranchait des carottes aussi furieusement que s'il se fût agi de cous de poulet. Je l'ai saluée avant de la prier de m'excuser pour mon comportement de la veille. Où était donc passée ma grand-tante ? Nicole m'a montré la fenêtre qui donnait sur le potager d'un geste sec du menton. Elle semblait contrariée, et je me suis demandé si c'était à cause de la nappe. Peut-être l'avais-je bel et bien trouée finalement.

J'ai rejoint Granita. Un moment, nous avons contemplé les haricots, les choux, les poireaux, les salades, et la courge posée sur le tas de fumier. Tout ce que le climat et l'altitude permettaient de faire pousser était ici admirablement planté et soigné. Il se dit qu'il suffit de regarder le jardin d'un éleveur pour savoir à qui l'on a affaire. Bernard aurait pu devenir un bon paysan.

– Elle a dû en manger trop, la Nicole, a lancé Granita en désignant la courge. Quand les andouilles voleront, elle sera chef d'escadrille.

J'en ai conclu que les deux femmes avaient dû se disputer, mais Granita arborait un air si sévère que je n'ai pas cherché à en savoir davantage.

Quand elle s'est enquise de ma matinée, au lieu de lui demander des comptes comme j'en avais l'intention cinq minutes auparavant, j'ai pris peur et j'ai répliqué que j'étais allée m'acheter un manteau.

– C'est ça que tu es allée faire ? Des courses ? Tu es bien comme ta grand-mère, a-t-elle sifflé d'un ton méprisant. Il n'y a que ça qui t'intéresse !

J'ai froncé les sourcils. Nous savions bien toutes les deux que c'était faux. Elle a laissé passer quelques secondes puis pris une voix tout à fait charmante pour me prier de la conduire à Lacalm. Elle souhaitait revoir la maison de ses parents et se rendre au cimetière.

C'était toujours pareil avec mes grands-mères. Elles échangeaient les pires insultes et cinq minutes plus tard reprenaient une conversation ordinaire. Elles pensaient que les mots, quand ils ne sont pas écrits, ne laissent pas de traces. J'ai toujours trouvé cela difficile à admettre, de la part de si grandes comédiennes.

Mais cette fois encore, j'ai capitulé. Ragaillardie, son visage s'est animé. Elle savait bien qu'elle obtenait de moi tout ce qu'elle voulait. J'étais son factotum : son commis, son coursier, son réparateur, son chauffeur.

Et cependant Annie possédait son permis de conduire, elle l'avait même décroché du premier coup. Mais le jour de sa première sortie, elle avait embouti trois voitures. La messe était dite, elle n'avait plus jamais repris le volant. Douce conduisait à sa place, très mal d'ailleurs. L'âge venant, ma grand-mère se garait au bruit et ne tournait plus la tête pour cause d'arthrose cervicale. J'avais fini par lui confisquer ses clés.

Courbe après courbe, la route déployait la même horizontalité, grandes parcelles d'herbe vert plomb hachées de murets de pierre sèche. Un immense tableau géométrique. La pluie avait cessé et le soleil perçait par moments, embrasant les cours d'eaux, les chaos granitiques, le pelage fauve des animaux. L'instant d'après, le ciel revêtait la couleur de l'asphalte et la terre s'éteignait.

Toute rancœur dissipée, Granita et moi roulions en parlant de la région et de ses habitants, une conversation rythmée par les notifications SMS de mon portable. Des messages de Dominique, la gérante du *Catulle*, perdue sans Annie pour lui dicter les menus. Des messages de mes amies Margot et Sarah qui avaient bien connu Douce. Et des messages de Max qui s'inquiétait de ma disparition. À cette heure-ci, j'aurais dû me trouver à Paris, dans le restaurant italien du quartier des Batignolles où nous avions nos habitudes.

Je les rappellerais tous plus tard. Je ne savais pas quand Granita avait prévu de rentrer, visiblement pas aujourd'hui. Mais cela m'était égal, désormais, dans cette voiture, en chemin vers Lacalm, vers ma grand-mère, sous la protection de ma grand-tante. Bien que je ne cesse de me demander pourquoi celle-ci m'avait caché le sacrifice auquel Douce s'était résolue par amitié pour Éliane. Pourquoi me faire croire qu'elle était la maîtresse de Maurice alors qu'elle n'avait, d'après mon nouveau cousin, fauté qu'une seule fois ? Pourquoi faire passer sa sœur décédée, sa sœur adorée, pour une garce ?

Des questions que je n'osais poser. J'attendrais le bon moment. Et puis les réponses ne me semblaient pas si importantes. Mes grands-mères m'avaient certainement menti pour de bonnes raisons. Peut-être cherchaient-elles à me protéger ? J'ai décidé de continuer à leur faire confiance. Elles disaient toujours qu'elles voulaient le meilleur pour moi.

Je guettais les vaches par la fenêtre. Elles s'avéraient difficiles à repérer car leur robe se fondait dans l'herbe roussie par l'automne. Le regard onyx souligné d'un trait noir, comme maquillé, le poil gras, elles se tenaient immobiles, aussi statiques sous la pluie que des arbres aux branches de cuivre, conférant au site désertique quelque chose de doux et tranquille. De petites peluches de velours. Les éleveurs les appelaient « les Reines d'Aubrac ».

Dans quelques semaines, on les rentrerait à l'étable pour l'hiver, et le paysage reprendrait son âpreté.

Si je conservais peu de souvenirs du plateau, je gardais néanmoins Câline en mémoire, une petite génisse euthanasiée tant elle souffrait. Vingt millilitres de liquide dans une grosse artère, un arrêt du cœur immédiat. J'aurais souhaité la même fin pour Douce mais d'après Granita, les vaches avaient par ici davantage de valeur que les êtres humains. On y trouvait plus de vétérinaires que de médecins.

Petite, ma grand-mère me racontait l'histoire d'une jeune fille désobéissante que sa mère déesse avait métamorphosée en génisse. Ses yeux étaient bruns, noircis de khôl, et sa peau caramel, aussi la divinité avait-elle fait l'animal à l'image de l'enfant. Parce qu'elle jouait de la harpe, elle l'avait dotée de cornes en forme de lyre, et puisqu'elle était gentille, d'un regard doux.

Granita n'aimait pas cette légende. Elle accusait sa sœur de pratiquer l'anthropomorphisme. J'ignorais ce que cela signifiait. Je donnais toujours le visage de Douce à la jeune fille, et celui de Câline à la génisse.

– Elles sont vraiment jolies, ces reines d'Aubrac, ai-je déclaré d'un ton emphatique, en désignant un troupeau qui paissait à l'orée d'une prairie.

– Oui, sauf que ce sont des limousines, a rectifié Granita qui avait chaussé ses lunettes grossissantes.

J'ai ralenti pour les examiner. Robe roux clair, yeux albinos, muqueuses roses, cornes droites. De loin, on pouvait s'y tromper.

– Mais que font-elles là ? ai-je protesté d'un ton offusqué, m'étonnant de ma propre réaction.

– C'est la course à la grosse vache, s'est moquée ma grand-tante. Les paysans font venir de la limousine parce que, pour un poids carcasse égal, elle donne plus de viande, elle est mieux conformée. C'est aussi pour cette raison qu'ils ont acheté des taureaux charolais, afin de donner naissance à des génisses labellisées « Fleur d'Aubrac », une race croisée créée pour gagner sur la bête. Une chair plus grasse, plus molle que la viande cent pour cent Aubrac, elle-même rustique et ferme, de la viande à mâche, superbe mais difficile à vendre aux Parisiens, qui n'y connaissent rien, ces ânes.

Comme toujours, je buvais les paroles de Granita. Elle savait tout sur tout. À la différence de sa sœur qui se bornait à feuilleter *Le Parisien* quand elle en avait le temps, chaque soir, ma grand-tante lisait au moins une heure avant de s'endormir. Au pied de son lit, une pile d'essais et de romans l'attendait, qui s'élevait avec les années. Et depuis qu'elle avait appris à se servir d'Internet, elle délivrait son savoir encyclopédique d'un ton péremptoire qui horripilait Douce, au point que celle-ci l'avait surnommée Wikipédante.

– Là-bas, ce sont bien des aubrac ?

– Non, des salers. Tu as pourtant de meilleurs yeux que moi ! Elles sont plus rouges.

Granita disait vrai, la salers empruntait sa teinte acajou aux feuilles d'automne des frênes. Bien qu'elle soit d'origine cantaloue, on en trouvait beaucoup moins que des limousines, à peine cinq pour cent de la vacherie du plateau. Malgré son statut de cousine du Massif central, la salers connaissait des difficultés d'adaptation, l'herbe du plateau lui convenait moins bien. De toute façon, il n'existait pas meilleure vache que *ça nôtre*, a affirmé ma grand-tante. Une bête légère, capable de vêler sans assistance, de s'adapter à la rudesse des éléments et supporter le sol en béton les mois d'hiver, de faire des réserves, puiser dans ses ressources, de ne pas se laisser périr : une bête « accordéon ». Parfois si maigre qu'on l'appelait *clède*, du nom donné aux barrières dans les prés.

Je n'aurais pas mieux décrit Annie Rigal.

Soudain, celle-ci s'est agitée sur son siège en désignant un pâturage à l'herbe d'un vert aussi vif qu'un tapis de poker : *atche*, regarde ! L'absence de fleurs signifiait une prairie artificielle, à la manière des pâturages anglais ou irlandais. Le label « Angus » ? Du pur marketing, a-t-elle grogné comme si j'en étais l'artisane. La viande de ces bêtes-là nourries exclusivement d'herbe, de trèfle et de regain n'avait aucun goût.

Si je voulais savoir ce qu'une aubrac avait mangé, je n'avais qu'à cuire un kilo de viande dans un litre d'eau et boire une cuiller de bouillon. Les acides gras auraient fondu, je savourerais le parfum des narcisses, des jonquilles, des gentianes, des légumineuses. À palette aromatique exceptionnelle, viande exceptionnelle.

– On n'aurait jamais inscrit de l'Angus au menu avec ta grand-mère !

Je ne regarderais plus jamais une prairie de la même façon, de même que Granita ne serait plus jamais la même à mes yeux, ai-je songé. Désormais, je distinguais ses lignes de fracture, tel un objet précieux qu'on examine de près et dont on s'aperçoit qu'il a déjà été brisé puis recollé.

– Là, ce sont des aubracs ! ai-je presque crié. Regarde les petits veaux !

– Ils seront bientôt vendus aux Italiens pour en faire des escalopes.

Devant mon air surpris, elle m'a révélé la spécificité des éleveurs français : c'étaient des naisseurs, pas des engraisseurs. La vache développait son muscle en mangeant des protéines végétales, herbe en été, foin en hiver, ensuite il fallait l'alimenter en céréales pour le persillé, le gras. De cela les Italiens se chargeaient.

– Si au moins ils ne les gavaient pas de maïs après les avoir piqués aux antibiotiques, a-t-elle enchaîné. Et d'autres choses pas très catholiques, si tu veux mon avis.

Pourquoi ne m'en avait-elle jamais parlé auparavant ? Ce genre de sujet me passionnait, elle le savait bien. Du reste, elle me demandait toujours ce que j'avais à m'énerver ainsi contre les industriels de l'agroalimentaire si c'était pour ne rien en faire. À ce qu'elle sache, je mangeais régulièrement des croque-monsieur et des salades César. Pensais-je donc qu'on y mettait du jambon de qualité, du poulet fermier ? Elle pointait du doigt mon ambivalence. Tu es bien comme ta grand-mère, concluait-elle systématiquement.

– Tu n'aimais déjà pas la viande, je n'allais pas en plus te raconter qu'elle n'était pas toujours produite correctement ! Avec Douce, on gardait un petit espoir que tu changes d'avis… De toute façon on n'a jamais servi que du bœuf dont on connaissait la provenance. La traçabilité est la clé. Le jour où il y aura un énième scandale sanitaire, le marché italien s'effondrera et ces couillons aubracois finiront le bec dans l'eau parce qu'ils n'auront rien anticipé. C'est dommage, parce que l'engraissement est le maillon le plus important de la chaîne, et la seule source de plus-value possible. Ce que font les Italiens, nous sommes capables de le faire, en mieux.

Hypnotisée par ses paroles, j'ai failli rater un tournant. À son sourire en coin, j'ai compris qu'elle était satisfaite que je m'intéresse à son cours magistral.

Naturellement, c'était à Granita qu'avait échu la tâche de me faire réciter mes leçons. Elle n'hésitait pas à me jeter mon cahier à la figure quand elle estimait que je n'avais pas suffisamment travaillé. Douce la traitait de petit professeur. Elle est folle, va te chercher une part de cake au chocolat.

Avec tous les gâteaux dont ma grand-mère m'avait nourrie, il y avait fort à parier que si l'on me mangeait, ma chair aurait un goût sucré. J'avais la chance de pouvoir avaler une quantité impressionnante de desserts – j'adorais ça – sans prendre un gramme. C'est dans les gènes, j'étais comme ça à ton âge, se vantait Douce, dont le tour de taille s'était considérablement épaissi depuis qu'elle avait passé la barre des quarante-cinq ans. Granita était restée maigre, néanmoins elle dévorait. Son poids carcasse ne devait pas être avantageux.

– Quoi qu'il en soit, c'est cruel de tuer ces petits veaux, ai-je clamé.

Elle m'a lancé un regard noir.

– Si on ne mange plus de viande, il n'y a plus d'éleveurs, plus de bouchers, plus de commerces, plus de services, plus de médecins, plus d'animaux et donc plus de paysage. C'est ça, ta solution ? Je te pensais moins nigaude que ta petite copine écolo !

Elle parlait de mon amie Sarah. Je me suis tue. Je ne voulais pas de querelles aujourd'hui.

Les vaches étaient des animaux très intelligents, a-t-elle poursuivi d'un ton pensif. Qu'on ne jugeait pas aussi intéressants que les singes, les dauphins ou les éléphants, qu'on méprisait pour se disculper de les manger. Alors qu'ils se reconnaissaient entre eux, entretenaient des rapports d'amitié au sein du troupeau. Elle avait connu une vache qui refusait obstinément de monter dans le camion pour l'abattoir, une autre qui menait son éleveur à ses congénères en difficulté, une troisième qui n'acceptait que ses filles ou petites-filles à côté d'elle au cornadis, une quatrième qui ouvrait le verrou de la porte de l'étable à ses amies, une cinquième qui avait caché son veau dans la forêt pour ne pas qu'on le lui prenne. J'ai rencontré des vaches plus malignes que ta grand-mère, a-t-elle sifflé.

À l'arrivée, le portail du cimetière a cédé dans un bruit de ferraille. Le gravier crissait désagréablement sous nos pas.

La pierre tombale avait été reposée, comme je l'avais demandé. Mais il faudrait attendre pour y lire le nom de Douce. J'ai considéré les inscriptions qui prenaient une consonance différente, désormais. « Renée Rigal, Baptiste Rigal, Antoine Rigal. »

À mon grand étonnement, Annie a fait le signe de croix. Quand j'étais petite, les rares fois où nous allions à la messe, elle me faisait signer un coup à l'envers, un coup à l'endroit, pour embêter Douce. Résultat, je m'embrouille encore aujourd'hui.

Quelques minutes se sont écoulées.

Personne ne sait qu'elle est là, a soudain chuchoté Granita d'un ton désespéré, comme si passer inaperçue était ce qui pouvait arriver de pire à sa sœur. Elle a tourné les talons et je l'ai suivie. Nous sommes sorties du cimetière en silence.

Au moment où nous allions franchir la route, un grand camion rouge est passé à toute vitesse. Cela n'a duré qu'une poignée de secondes mais j'ai eu le temps de voir la plaque d'immatriculation italienne, les dizaines de veaux entassés à l'intérieur. Je suis restée ahurie un instant, incapable de faire le moindre geste.

Granita avait pris de l'avance. Le vent contraire me freinait, c'était comme s'il la laissait se faufiler et pas moi. Ma grand-tante marchait depuis toujours au pas de course, un autre sujet de dispute entre elle et Douce. Cette dernière, moins énergique, l'accusait de faire exprès de la distancer, à quoi sa sœur répondait qu'on savait bien pourtant laquelle des deux courait après l'autre.

Elle s'est engagée dans une ruelle en direction de l'église et s'est éclipsée au tournant. Quand j'ai pris le virage à mon tour, elle avait disparu.

J'ignorais où se situait l'ancienne boucherie Rigal, et il n'y avait personne pour me l'indiquer.

Le *carriero* comptait seulement deux maisons, l'une aux volets clos et l'autre en travaux. Jouxtant la seconde, un creux dans la terre brune, les prémices d'un chantier.

Une petite boule s'est formée dans ma gorge. J'ai dévalé la pente jusqu'à la fourche, sans succès. Je suis revenue sur mes pas, j'ai appelé mais ma voix se perdait dans le rugissement du vent. Ne sachant que faire, je me suis approchée des travaux de terrassement et c'est là que je l'ai découverte, cachée par le remblai contre lequel elle s'appuyait, anéantie.

Il y a encore quelques mois, trois maisons se succédaient le long du *carriero.* Sur la terre en friche s'érigeait celle de Baptiste et Renée Rigal, vendue par mes grands-mères vingt ans auparavant à un commerçant de Rodez. En raison d'une installation électrique défaillante, elle avait brûlé l'été précédent.

Je ne saurais jamais à quoi ressemblait la demeure familiale et cela m'emplissait, moi aussi, d'une grande tristesse. Souvent les bâtiments survivent à leurs occupants, restent chargés de leur histoire. Même s'ils ne vous appartiennent plus, même s'ils ne sont plus que décombres, il suffit de revenir les contempler pour ressusciter le passé et éprouver nostalgie, regret ou apaisement. Ainsi que l'absence de gravure sur la pierre tombale, cet espace vide sans ruines ni cendres figurait la fin des sœurs Rigal.

Désemparée, j'ai aidé Granita à se relever, j'ai essuyé maladroitement la boue qui maculait sa jupe. Elle grelottait. C'était la première fois qu'elle accusait son âge et qu'elle m'apparaissait fragile.

Le temps du trajet de retour, j'ai essayé de conjurer la panique qui peu à peu me gagnait. Je ne pouvais pas la faire voyager dans cet état, ni la laisser seule. Je ne pouvais pas non plus rester ici indéfiniment. J'en étais là de mes réflexions quand mon téléphone a sonné. Serge me proposait de le rejoindre au bistrot de son ami Armand Raynal, à Aubrac. Mon cœur a fait un bond. Mon père avait envie de me voir.

3

Malgré sa taille minuscule, une dizaine de bâtisses tout au plus, le village d'Aubrac constituait l'épicentre du pays, son carrefour. Là où tout était arrivé, d'où tout était parti, puisqu'édifié autour des restes de la domerie d'Aubrac duquel il tenait son nom, un hôpital monastique érigé au XIIe siècle, une étape cruciale pour les pèlerins dans l'éprouvante quête de Dieu que constituait la traversée du plateau sur la via Podiensis, l'un des chemins de Saint-Jacques-de-Compostelle.

Les moines de la domerie avaient peu à peu défriché la forêt sombre et profonde qui tapissait le plateau pour en faire des pâturages d'altitude, de lumineuses terres d'estive. Au début du XIVe siècle, ils possédaient dix-huit mille hectares de terre et un immense troupeau. Ils étaient les maîtres de l'Aubrac, ses seigneurs.

De la domerie ne subsistaient que trois bâtiments, l'église Notre-Dame-des-Pauvres, dont l'intérieur ressemblait à un caveau géant, la tour des Anglais haute de trente mètres, et une partie de l'ancien hôpital. De quoi imaginer sans peine l'impression qu'avait pu faire sur des voyageurs épuisés et affamés, ayant triomphé des tempêtes, des brigands et des loups, ces bâtiments austères plantés au beau milieu d'une vaste étendue d'herbe rocailleuse, ensevelie sous la neige la moitié du temps.

Le clocher de l'église abritait encore la célèbre Maria, également appelée « Cloche des perdus ». Les moines la sonnaient autrefois pour guider les pèlerins égarés dans le brouillard ou la tempête. D'un ton railleur, Granita m'avait confié qu'elle ne sonnait pas toujours quand il le fallait. Les perdus n'étaient pas ceux qu'on croyait.

J'ai marché jusqu'aux vestiges sous un ciel noirci au charbon, avec, en toile de fond, le Royal Aubrac, un sanatorium datant du début du siècle dernier, une construction lugubre. Transformé en hôtel dans les années cinquante, puis en centre aéré pour colonies de vacances, il était désormais abandonné.

L'église était close, le village désert. Aussi ai-je tourné autour des bâtiments, admiré leur dépouillement extrême, respiré l'odeur de grotte humide qui s'exhalait de ces lieux inquiétants, consciente de la chance que j'avais de m'y promener seule. Durant toutes les vacances scolaires, les week-ends de printemps et les mois d'été, le bourg se trouvait envahi de cars, de touristes et de randonneurs suréquipés.

À défaut de rencontrer Dieu sur la route de Compostelle, tout ce petit monde convergeait vers le bistrot d'Armand Raynal, au cœur du village. Armand le tenait de sa mère Armelle et de sa grand-mère Arlette avant elle, dont Granita parlait avec le plus grand respect. Le plateau de l'Aubrac ayant la particularité d'être, m'avait-elle appris, un pays de femmes, de maîtresses femmes.

J'ai poussé la porte du bistrot, deux salles au rez-de-chaussée d'une demeure grise à l'allure de pensionnat, à la décoration sommaire. Murs de pierre, baie vitrée, tables de bois, spots, grand écran de télévision branché sur BFM TV. Pragmatique, son patron laissait les chichis, les fanfreluches et les drapés aux gars de Paris. Lui n'en avait pas besoin, les touristes se bousculaient à sa porte.

Assis derrière la seule table occupée, face à mon père, Armand Raynal s'agitait sur sa chaise, joignant les mains comme pour convaincre son ami de quelque opinion. Entre les deux hommes, une bouteille de marcillac bien entamée et les reliquats d'un repas, planche de saucisson sec, tranches de fourme, gigot d'agneau. Ils ne m'ont pas repérée tout de suite et j'en ai profité pour me glisser le long de la grande fenêtre qui offrait, d'après l'inscription sur la façade, la plus belle vue sur l'Aubrac. Derrière la vitre, le vent malmenait les hautes herbes qui se courbaient comme en signe de déférence. À l'horizon, une brume menaçante, tel un globe de verre dépoli tenant sous cloche le village et ses alentours.

Les habitants de Nasbinals – huit kilomètres à peine, pas même trois cents mètres de dénivelé – évitaient autant que possible le village d'Aubrac. On montera là-haut au printemps, les avais-je entendus pérorer la veille. Je m'en étais amusée. Petite, mes grands-mères m'envoyaient skier dans les Alpes et je n'ignorais pas ce qu'était une vraie pente, une vraie montagne.

Chaque saison, me confierait le patron du *Café Aubrac*, il éprouvait des difficultés à recruter des serveuses: le flan qu'elles me font, ces *clouques* qui chouinent qu'elles veulent pas abîmer leur voiture pour un Smic, qu'avec les congères et le brouillard faut être taré pour vivre ici !

Taré, Armand l'était, assurément.

De prime abord, le bistrotier avait de faux airs de Serge Lama. Chemise ouverte, front dégarni, coiffure en corolle, traits affables. Mais la ressemblance s'estompait dès lors qu'on examinait de plus près sa longue chevelure blanche, ses canines proéminentes, son regard coupant.

Puisque nous étions sur ses terres, j'ai convoqué l'image de la Bête du Gévaudan, accusée de toutes sortes de crimes, viols, incestes, alors qu'elle n'avait pu, selon Granita, parcourir tant de kilomètres en si peu de temps. Il en existait peut-être plusieurs, ou bien il s'agissait d'un homme. D'ailleurs les gens du coin n'avaient jamais cru au loup, car le loup, eh bien, ils le connaissaient.

On m'avait raconté que pour s'amuser, les jours de brouillard, Armand Raynal enfilait une cape et un costume de Templier, enfourchait sa haridelle et se lançait à l'aveugle et au galop dans la campagne, terrifiant les randonneurs en Quechua se croyant revenus au temps des croisades.

L'an passé, il avait racheté les ruines d'un buron sur la route de Bonnecombe, qu'il avait sommairement restauré et transformé en halte folklorique, *Le Buron du Lac*, une sorte d'expérience aligot-bourrée à laquelle il tentait de faire participer tous ceux qui franchissaient la porte de son café à coups de prospectus et de promesses de remise.

Heureusement qu'il est né, celui-là, hein, avait commenté ma grand-tante, parce que sinon on serait tous des cons. Mais c'était un excellent commerçant, reconnaissait-elle.

J'ai vite compris qu'Armand était en train de se plaindre de ce que le prochain Tour de France ne traverse pas le bourg d'Aubrac mais celui de Nasbinals, et qu'il en voulait personnellement au maire de la commune et à son nouvel adjoint, Bernard Calmel, de ce détournement de clientèle.

– J'ai pas d'ordre à recevoir, fan de pute ! tempêtait-il.

Armand l'Aveyronnais tenait rancune à la terre entière. Jugeait ses voisins aubracois débiles, les Lozériens pauvres et les Cantalous peureux, les conseillers municipaux vendus, les éleveurs fainéants. Cependant, face aux Parisiens qu'il appelait « doryphores », ils étaient tous, Aveyronnais, Cantalous et Lozériens, des Auvergnats.

Serge s'est levé pour m'embrasser gauchement, tandis qu'Armand me serrait la main et m'invitait à m'asseoir.

J'ai obtempéré tout en regrettant que mon père et moi ne restions pas seuls. Pourquoi ne priait-il pas Armand de nous laisser ? M'est revenue cette conviction éprouvée petite, lors de nos rares entrevues. Le besoin qu'avait Serge de quelqu'un à ses côtés en ma présence, comme intermédiaire, comme bouclier.

J'ai jeté un coup d'œil à l'écran de télévision. Le son était coupé mais sur un bandeau défilait en boucle l'information du moment : « Scandale du lait infantile contaminé : rappel de lots après dix cas d'empoisonnement chez des nourrissons. »

– Tu n'es pas venue faire manger l'héritage ? m'a narguée Armand.

J'ai mis un moment à comprendre qu'il parlait de Granita. Embarrassée, j'ai répondu par la négative. Ma grand-tante était fatiguée et je venais tout juste de la raccompagner chez les Calmel. Je n'ai pas mentionné l'épisode de la maison brûlée.

– Tu devrais te méfier de Bernard, c'est un *fouzic*, un emmerdeur. Pourquoi ne loges-tu pas chez ton père ?

– Armand, l'a doucement sermonné Serge, mais j'aurais juré qu'une lueur avait surgi dans ses yeux tristes dont je ne savais si elle était d'espoir ou d'amusement.

Le bistrotier a alpagué une de ses fameuses serveuses et je me suis retrouvée devant une assiette fumante de souris d'agneau au cumin, cuisinée par ses soins, a-t-il pris la peine de souligner.

– Un beau brin de fille, ta Brune, Serge. Un peu maigrelette à mon goût… a-t-il ajouté en reluquant ma poitrine. C'est la vie à Paris, ça. Je la plains, moi je ne pourrais pas. Et ce prénom… Tu n'en as pas une, de Brune, dans ton cheptel ?

J'étais tétanisée d'être jaugée ainsi. J'aurais tant aimé que mon père vienne à mon secours. Mais le regard de Serge s'était éteint. Il y avait bien eu une Brunette, dans le groupe des BVD. Une hippie, a-t-il murmuré.

Une vache baba cool ? me suis-je demandé. Que signifiaient les initiales BVD ? L'air sincèrement désolé, Armand a donné à Serge une sorte d'accolade virile par-dessus la table. Puis il attrapé une coupe vide et m'a servi un verre de marcillac. Je n'ai pas osé avouer que je n'aimais pas ça et j'ai trinqué en silence.

Le téléphone de mon père a sonné.

– Excuse-moi, Brune, je suis désolé mais je dois y aller… Koumba m'attend à l'étable.

J'ai levé un sourcil.

– Le vétérinaire, a précisé Armand. Mais toi, tu restes, hein, Brune ? Tu n'as pas fini ton plat. Mange, ma jolie, mange. C'est bien que tu sois revenue, tu es chez toi, ici.

Serge a fait un petit signe de la main avant de s'éclipser. J'ai porté à ma bouche un morceau d'agneau, cessant de respirer pendant que je mâchais afin d'en effacer le goût.

– Tu aimes, ça te plaît? m'a questionnée Armand d'une voix forte. J'ai choisi moi-même la bête chez l'éleveur. La prochaine fois, tu iras prendre l'aligot dans mon buron. Tu verras, c'est fabuleux.

Il a marqué un temps de silence, me dardant de son regard dérangeant.

– Ton père ne te le dira jamais, mais à la ferme, ça ne va pas fort.

Je n'ai eu qu'à mordre mes lèvres en signe d'incompréhension pour qu'il se mette à me raconter qu'à son retour, il y a quinze ans, Serge avait repris l'exploitation de ses parents en l'état. Quarante mères attachées à la chaîne et autant de broutards, des veaux de neuf ou dix-huit mois élevés pour l'Italie. Mais on ne pouvait plus vivre de nos jours avec moins de soixante mères par actif, et Serge avait dû s'endetter pour agrandir son troupeau. L'affaire avait trinqué, car ce n'était pas son métier, or un bon paysan se devait d'être un peu vétérinaire, un peu maçon, un peu comptable, un peu mécano.

J'étais effarée d'apprendre que Serge faisait partie de ces éleveurs qui vendaient leurs bêtes aux Italiens. L'espace d'un instant, j'ai eu honte. C'était donc pour cela qu'il était revenu? Pour cela qu'il avait quitté son bar, Paris? Pour cela qu'il m'avait quittée, moi?

J'avais parlé tout haut sans m'en apercevoir.

Ton père est revenu parce que c'était plus qu'une ferme, a bruyamment tempêté le bistrotier. C'était le patrimoine, l'histoire de la famille. Le respect des Anciens, quelque chose que je ne pouvais pas comprendre. Les paysans d'Aubrac avaient toujours été accrochés à leurs terres et à leurs bêtes. Endurant ce que les jeunes d'aujourd'hui ne voulaient plus vivre, s'usant la santé à travailler comme des brutes sans vraiment gagner leur vie, pour finir les mains abîmées, puant l'étable. Autrefois, les vaches étaient dressées quasiment comme des animaux de compagnie. Elles reconnaissaient leurs éleveurs à la voix et en retour, faisaient partie de leur famille. Le grand âge venant, ils continuaient à s'en occuper. Alors qu'on n'avait jamais vu un ouvrier à la retraite retourner travailler à l'usine pour le plaisir ! À l'heure de leur mort, il n'était pas rare que les paysans demandent à voir leur troupeau une dernière fois. Mon grand-père était de ceux-là. Si Serge n'avait pas repris la ferme, il lui aurait manqué de respect.

Un éclair blanc a marbré le ciel pommelé, comme pour appuyer ses propos. Un grondement a retenti et j'ai sursauté.

Quelques années avant de disparaître, le père Alazard avait commencé à élever de la « Fleur d'Aubrac ». Serge avait poursuivi le travail mais « la génétique », la pure aubrac, était devenue trop chère, alors il avait dû continuer à croiser et ses vaches étaient nées la robe de plus en plus blanche, perdant l'appellation. Des problèmes de vêlage étaient apparus, les notes de vétérinaire avaient augmenté. Certains veaux, trop formés, ne tétaient pas bien, ne profitaient pas.

Je me suis étonnée qu'Armand se révèle aussi calé. Il a pris l'air faussement modeste : c'est dans nos gènes à tous par ici.

Trois ans auparavant, mon père avait fait l'acquisition d'un nouveau taureau charolais. L'année suivante, certaines vaches n'étaient pas pleines et deux veaux avaient souffert de diarrhées. Ces symptômes-là, insidieux, même Koumba ne les avait pas reconnus. En janvier et février derniers, seul le tiers de ses soixante mères avait vêlé. Dix veaux sur vingt n'avaient pas survécu. Privés d'immunité, ils s'étaient vidés peu de temps après leur naissance. Il aurait fallu les sonder ou les perfuser pour les sauver mais Serge ne savait pas faire. En mars, les tests avaient confirmé la présence du virus de la « BVD », la diarrhée virale bovine, la maladie des muqueuses. Le nouveau taureau s'avérait « IPI » : infecté in utero.

Les bêtes contaminées avaient été abattues ou étaient mortes de déshydratation. Aujourd'hui, il ne restait plus à Serge que dix veaux au lieu des quarante qu'il avait prévu de vendre en Italie. Un broutard se monnayait entre huit et douze mille francs, selon qu'il avait neuf ou dix-huit mois, le même prix qu'il y a cinquante ans !

Armand s'est levé pour donner une instruction à l'un de ses employés, tandis que se formait dans mon esprit l'image de la calculette de Granita, un carré rose qui convertissait les euros en francs et dont elle ne se séparait jamais. L'objet avait récemment rendu l'âme, provoquant une panique généralisée rue Catulle-Mendès. Il m'avait fallu une matinée entière sur Internet pour en débusquer une autre.

De retour à table, le patron du *Café Aubrac* a penché sur moi son visage congestionné. Mon père ne pourrait pas continuer bien longtemps, d'autant que les indemnités de remplacement du troupeau tardaient.

J'ai rétorqué que je ne voyais pas, malheureusement, ce que je pouvais y faire.

– Il faut que tu empêches le voisin de Serge d'acheter la ferme. Il la veut depuis des années. Il est prêt à tout.

Le silence s'est fait un instant, le temps que la pluie commence de se déverser avec fracas sur les grandes fenêtres du *Café Aubrac*. Armand a de nouveau quitté la table pour revenir quelques secondes plus tard avec une assiette garnie d'une croquande qu'il a posée d'autorité devant moi. Sous la contrainte de son regard insistant, j'en ai porté une part à ma bouche. La pâte était si dure que j'aurais pu me casser une dent. Un étouffe-chrétien, aurait jugé Douce qui connaissait mon peu de goût pour les biscuits trop secs et trempait les siens dans un mélange d'eau et de lait.

Depuis ma naissance, on m'amadouait, on me séduisait, on me persuadait avec des gâteaux. Douce disait qu'avec un moka à la crème au beurre café, on obtenait de moi ce qu'on voulait.

– Tu connais la terre d'estive des Alazard ? C'est le plus bel endroit du monde. Tu dois protéger ton patrimoine, Brune.

J'ai hoché la tête pour marquer ma désapprobation. Mon seul héritage était *Le Catulle*, je l'avais d'ailleurs refusé. Certainement pas la ferme de mes grands-parents Alazard que je n'avais pas connus. Ni le pâturage d'altitude de mon arrière-grand-mère maternelle, Renée, dont j'ignorais le sort. Granita avait mentionné qu'il était loué aux Calmel. Était-ce toujours le cas ? Ce serait donc Clémence, la fille de Bernard, qui y mènerait ses vaches l'été.

J'ai compris qu'Armand Raynal aurait aimé être paysan, pas cafetier, l'exact inverse de mon père. Mais dans un cas comme dans l'autre, les deux hommes n'avaient pas eu d'autre possibilité que de suivre l'exemple de leurs aînés. Pour la première fois, j'ai éprouvé de la pitié pour Serge.

Le voisin offrait un bon prix pour la ferme, a encore insisté Armand. J'ai haussé les épaules en signe d'impuissance et fait mine de me lever. Il a posé une main sur mon bras pour me retenir. N'avais-je pas de quoi aider mon père ? Ma grand-mère Douce ne m'avait-elle pas laissé quelque chose ?

Je me suis dégagée de son étreinte. Qu'il me fiche la paix. Je ne lui devais rien. Si mon père voulait de l'aide, il n'avait qu'à me le demander lui-même.

4

Nicole me guettait sans doute par la fenêtre de sa cuisine car à peine ai-je eu franchi le portail qu'elle s'est précipitée dans le jardin.

– Annie ne veut rien manger !

Cette annonce m'a glacée. Une résonance de la panique qui s'emparait de mes grands-mères lorsqu'on leur annonçait que je n'avais rien avalé de la journée. Pour elles, ne pas manger consistait en la phase ultime d'une maladie grave. Tant qu'on mangeait, tout allait bien. Jusqu'à la fin, Douce finirait ses assiettes. Quant à Granita, elle n'avait jamais sauté un repas de sa vie. Son extrême maigreur démentait son excellent appétit. Ma grand-tante jouissait d'un métabolisme du tonnerre.

– Et elle ne veut pas sortir de son lit !

Cela non plus n'était pas normal. Granita pouvait bien se moquer de l'agitation de Nicole, elle-même ne s'arrêtait jamais : je me reposerai quand je serai morte, répétait-elle sans cesse.

J'ai gravi en hâte les marches qui menaient au premier étage, Nicole sur mes talons.

Annie se trouvait bel et bien au lit, mais habillée, assise en équerre, loupe dans une main, iPad dans l'autre. Elle a levé vers moi un regard réprobateur.

– Eh bien ce n'est pas trop tôt ! Ou étais-tu encore passée ? Je me suis tourné les sangs !

– À qui est cet iPad ? l'ai-je questionnée en retour, déstabilisée.

– C'est le mien, a bredouillé Nicole. Il me sert pour jouer au scrabble, a-t-elle ajouté comme pour justifier l'extravagance de l'objet.

— Tu sais jouer au Scrabble, Nicole ? a persiflé Granita, avec ce frémissement de la lèvre supérieure qui indiquait que le rire n'était pas loin, et cela m'a rassurée.

Ma grand-tante avait peut-être perdu l'appétit mais elle avait retrouvé sa verve, et son regard malicieux.

Éludant la question, l'épouse de Bernard m'a proposé une assiette de sauté de veau. J'ai décliné son offre, sur ma langue demeurait le goût de la sauce au cumin d'Armand. Quand elle est sortie de la pièce, je me suis approchée de Granita.

– Tu ne te sens pas bien ? Il paraît que tu n'as pas déjeuné. Que tu ne veux pas dîner non plus.

Elle a reposé l'iPad, tapoté le dessus-de-lit afin que je vienne m'asseoir à côté d'elle et, d'une voix guillerette, m'a demandé ce que j'avais fait, qui j'avais vu.

Mes grands-mères n'avaient pas leur pareil pour détourner la conversation lorsque cela les arrangeait.

Partagée entre l'inquiétude et l'agacement, j'ai insisté. Si elle ne se résolvait pas à avaler quelque chose, elle manquerait de force pour notre voyage de retour du lendemain.

Son visage s'est fermé. Sa décision était prise. Elle refusait de se trouver à Paris le jour de la Toussaint. Ah, ça, non, demain elle irait au cimetière de Lacalm, tenir compagnie à Douce, et personne ne l'en empêcherait.

Je me suis mise en colère. Et ma mère, seule au cimetière de Levallois ? Si j'avais envie, moi, de lui tenir compagnie ? Granita a roulé des yeux pour signifier ma mauvaise foi. Chaque année, mes grands-mères me suppliaient de me rendre sur sa tombe, en vain.

Perdant toute retenue, j'ai crié que ça suffisait comme ça, les mensonges et tout ce cirque, je savais pertinemment qu'elle avait arrêté de s'alimenter pour faire son intéressante. Mais moi, je n'étais pas à son service, j'avais un travail, une vie à Paris. Une vie chamboulée, d'ailleurs, par la révélation du secret de Douce et, si elle voulait tout savoir, par les nouvelles confidences qu'on m'avait faites aujourd'hui. Eh oui, ce matin j'avais rencontré Gabriel Roux-Boyer, mon cousin germain. D'ailleurs, lequel des deux mentait ?

– Toi ou Gabriel ?

Mes paroles n'ont pas du tout eu l'effet escompté. J'aurais dû m'en douter, elle était plus forte que moi.

– Ce ne sont pas tes affaires, a-t-elle rugi, les narines frémissantes. Laisse Douce tranquille là où elle est. Tu crois tout ce que te raconte ce Gabriel ? J'ai entendu dire qu'il était trop bavard, et curieux comme la merde du diable.

Sa voix glacée m'a heurtée de plein fouet. Mes yeux se sont emplis de larmes, j'ai serré les poings. Et j'ai répété d'une voix tremblante ce que m'avait confié la fille d'Yvonne Causse dans sa boutique. Le retour de Douce à Lacalm. Pourquoi m'avait-on aussi menti à ce sujet ?

– Elle raconte n'importe quoi. Encore une *falourdasse*, celle-là. Ta grand-mère n'est jamais revenue en Aveyron. Elle quittait Paris tous les trois ans rendre visite à une cousine aveyronnaise émigrée à Cannes mais n'y restait que quelques jours, le temps de se pavaner sur la Croisette avec d'autres vieilles folles dans son genre. On est bien entourées, tiens. Je savais bien qu'il ne fallait pas venir ici. Tu en subiras les conséquences, Brune.

J'ai quitté la chambre bouleversée.

Quand, le lendemain, j'ai imploré Nicole de garder Granita seule jusqu'au prochain week-end, elle a pris l'air embêté. C'est que, a-t-elle chuchoté, Annie n'est pas très gentille…

J'en avais parfaitement conscience, ma grand-tante faisait partie de ces gens que le chagrin rendait exécrables, j'en étais désolée mais je n'avais guère le choix.

En sortant de la maison, j'ai croisé Clémence. Elle m'a regardée avec un sourire franc qui m'a donné envie de mieux la connaître. Jusqu'ici, je n'avais pas remarqué la taille fine, la silhouette souple mais robuste de la fille des Calmel, ni repéré ses yeux vert bronze, ses cheveux roux tressés serrés en larges nattes, enroulés en chignon sur sa nuque telles des cordes de bateaux.

Le long du trajet vers la gare, j'ai gardé à l'esprit son allure de combattante.

5

Pour la première fois de ma vie, je me trouvais sans l'une de mes grands-mères à moins de cinq cents mètres. Je savais bien que Granita n'était pas morte, pourtant je ne pouvais m'empêcher de me l'imaginer. En tout cas, j'avais la douloureuse intuition qu'elle ne retournerait jamais dans l'appartement de la rue Catulle-Mendès.

Mais l'intuition n'était pas mon fort, me disais-je, assise dans une rame de la ligne 3 du métro, en route vers la porte de Champerret. Mes histoires d'amour constituaient autant de preuves de mon manque de flair. Au terme d'une série de relations décevantes, je m'étais éprise de Max, l'homme dont j'avais croisé le regard en haut de l'escalier de la mairie du XVIIe arrondissement, trois mois auparavant. Peau mate, bras tatoués, cheveux bouclés, il m'avait souri. Et il m'avait parlé, d'une voix rauque et mélodieuse – une belle voix de poitrine, aurait apprécié Douce. J'avais été attirée comme on peut l'être chimiquement par un arôme, une saveur.

Sur le moment je l'avais imaginé marin, musicien, tatoueur. Maxime était banquier, cadre supérieur à la Société Générale. Surtout, je l'avais cru célibataire, n'imaginant pas une seconde qu'un type qui vous propose de prendre un verre un samedi à dix heures du matin puisse mener une vie de famille. Max était marié depuis quinze ans. Il avait trois enfants.

Lorsque je lui avais avoué ma honte d'être devenue une « maîtresse », mon amie Margot m'avait consolée. Elle percevait toujours mon désarroi mieux que quiconque. Avec son aide, je me débrouillais avec ma culpabilité. C'était Max qui m'avait séduite, je ne connaissais pas sa femme, qu'il décrivait comme également infidèle et qui ne pouvait, par conséquent, être à la fois victime et bourreau.

À d'autres moments, je justifiais ma position en me disant qu'un homme marié remplissait une fonction très utile, celle de m'empêcher de m'investir dans une nouvelle relation décevante. Et puis qu'il était bon d'être caressée, de s'entendre dire qu'on était belle. J'avais des difficultés à user de ma féminité, n'ayant jamais su quel modèle adopter, tiraillée entre la coquetterie paroxystique de Douce et l'allure sévère de Granita, m'abandonnant à une androgynie confortable – cheveux courts, pull noir, jean et Dr Martens – dont je m'accommodais la plupart du temps. Max me touchait et j'oubliais mes pieds trop grands, mes cheveux trop fins, ma poitrine trop maigre, ma taille trop haute. J'oubliais qu'il était marié.

Je n'avais pas présenté Max à mes grands-mères, elles auraient deviné la nature de notre union. Je m'en félicitais maintenant que je connaissais le passé de Douce.

Manquais-je donc de liberté au point de revivre inconsciemment l'histoire traumatique de ma grand-mère ? J'étais la première à penser que le cerveau se construisait par imitation, mais de là à reproduire sans le savoir les erreurs de ses ascendants... Je m'étais engagée dans une relation adultère en connaissance de cause. Je ne subissais rien. Du reste, si je manquais de discernement en amour, ce n'était pas le cas dans ma vie professionnelle, me rassurais-je. À la crèche, je me sentais investie d'une mission à laquelle je ne faillirais jamais.

Depuis le début de la semaine, je m'étais d'ailleurs réfugiée dans le travail. Mais ce soir-là, j'avais quitté Levallois plus tôt que d'habitude pour rendre visite à Dominique, la gérante du *Catulle*, que je n'avais pas encore prévenue de la dernière frasque de Granita.

Quand elle m'a aperçue à la porte du café, la gérante s'est ruée dans mes bras.

Dominique vénérait Granita, ce qui ne manquait pas de nous stupéfier, Douce et moi, tant ma grand-tante la malmenait, la rembarrait sans cesse. Annie avait gardé l'habitude de régner sur le bistrot. Dès l'admission de sa sœur à la Croix Rose, elle s'était mise à descendre au café tous les matins à neuf heures. Elle s'asseyait derrière le comptoir aux côtés de Jean-Claude, le barman, et n'en décollait plus jusqu'à quatorze heures, l'heure de début des visites à la maison de retraite. À son retour, vers dix-huit heures, elle s'installait de nouveau au bar jusqu'à la fermeture.

Depuis son tabouret, elle régentait la vie de l'établissement, surveillant les moindres gestes de sa gérante, l'accablant de reproches quand quelque chose ne lui convenait pas – jusqu'à la fin de sa vie, y compris quand *Le Catulle* ne lui appartiendrait plus, Annie ne se départirait pas de son air de propriétaire.

– Où est madame Rigal? s'est aussitôt enquise Dominique d'une voix affolée.

Granita l'avait menacée des pires maux quand sa gérante lui avait annoncé son intention d'assister à l'enterrement de Douce : ce n'est pas parce que Brune est devenue *cabourdasse* qu'il faut t'y mettre, toi aussi ! Ma fille, il n'y a que toi qui puisses tenir l'affaire en mon absence. Si on part toutes les deux, ça va être la *rébourdèle* !

– Elle a dû rester quelques jours de plus pour régler certaines affaires, ai-je menti en gardant les yeux baissés.

Pouvait-elle me servir un verre de bordeaux, j'allais m'asseoir quelques instants. Et aussi, tant qu'on y était, une assiette de laguiole.

Je connaissais *Le Catulle* par cœur, les balustrades de bois sculpté, les banquettes en Skaï rouge matelassé, le carrelage années trente en mosaïques blanches et grises, le comptoir en zinc, le meuble en double marbre avec ses incrustations de carrare blanc sur un plaquage vert de Toscane, les portes de frigo en contreplaqué, les étagères de Plexiglas, la séparation en verre sablé, le bac à plantes, la peinture coquille d'œuf, les murs tendus de moquette orange entre les boiseries, l'arrière-comptoir de pierre grise, les ventilateurs, les appliques en globe de verre martelé, rien n'avait bougé depuis mon enfance.

J'ai fermé les yeux en imaginant que si je les ouvrais, je verrais peut-être Douce en cuisine et Granita au bar. Peine perdue, derrière le comptoir siégeait, seul, Jean-Claude, l'autre créature de ma grand-tante.

Impassible et débonnaire, son unique défaut consistait à saluer chacun de ses clients d'un « Ménagez-vous ! » tonitruant qui exaspérait Annie. Autant leur dire d'aller pointer au chômage ; chez les Rigal, on n'a pas *la cagne !* s'agaçait-elle, reprenant à son compte la formule de Renée, dont elle partageait quelques traits de caractère, commençais-je à comprendre.

De là où j'étais, j'ai observé Dominique virevolter dans le café, sanglée dans une robe à fleurs. Elle avait commencé la mise en place. En ce premier novembre, les clients avaient besoin de se revigorer. *Le Catulle* afficherait complet à l'heure du déjeuner.

Entre deux serviettes qu'elle pliait à toute vitesse de ses doigts courts saucissonnés de bagues, la gérante débarrassait et nettoyait les tables, inscrivait à l'ardoise le menu, salade de lentilles, steak au poivre et tarte aux pommes. Telle Nicole Calmel, Dominique n'arrêtait pas. Elle aussi était aubracoise pur jus, tout comme Jean-Claude. Les parents de l'une habitaient Sainte-Geneviève-sur-Argence et ceux de l'autre à La Terrisse, deux villages situés respectivement à quatorze et neuf kilomètres de Lacalm. Sous ses airs de Parisienne, Granita préférait rester en petit périmètre.

Une fois les serviettes empilées, Dominique a entrepris de dresser les tables. Quand j'étais petite, mes grands-mères servaient cent repas au déjeuner et quatre-vingts au dîner. Désormais, ces chiffres étaient réduits de moitié. *Le Catulle* comptait trois jeunes serveurs en alternance, un barman, un plongeur et un commis aux côtés duquel Dominique œuvrait en cuisine la moitié du temps.

– Si j'avais des yeux, j'aurais vu ça, a-t-elle réprimandé Gilles, l'un des garçons, en soulevant un couteau sale.

Le problème, c'est le personnel, ils ne veulent pas travailler, on trouve de moins en moins d'Aveyronnais, vu que la région se dépeuple, se lamentait Granita, secondée par Dominique. Je trouvais ce discours insupportable. À chaque fois, c'était parti pour une *ronflante*. Elles s'y mettaient à trois contre moi. En général, Douce finissait par m'envoyer à la figure la pire insulte de son répertoire : Espèce de fonctionnaire ! En dépit de l'indulgence qui la caractérisait, Douce Rigal n'avait, elle non plus, aucune pitié pour ceux qu'elle trouvait flemmards. Aux yeux de mes grands-mères, et de la plupart des limonadiers aveyronnais de Paris, le concept des trente-cinq heures était une aberration. Les enfants, bientôt on ne pourra même plus leur demander d'apprendre une table de multiplication de peur de les traumatiser, déploraient-elles. Ce genre de remarque m'exaspérait. Je ne savais pas que *la cagne* avait tué leur petit frère.

À la fin du service, Dominique a secoué sa chevelure grenat, censée lui donner un air de Rita Hayworth mais dont Douce disait qu'elle la faisait ressembler à Fiona, la femme de l'ogre Shrek. Ma grand-mère raffolait des dessins animés. Quand j'étais petite, je pensais qu'elle se forçait à les visionner pour me faire plaisir, mais elle avait continué à le faire sans moi. Je crois qu'elle aimait leur apparence de légèreté. Et la part d'enfance à laquelle ils s'adressaient.

La gérante est venue s'asseoir dans le box en face de moi.

– Si je peux faire quelque chose, Brune, n'hésite pas… J'espère que ton ami s'occupe bien de toi…

J'avais commis l'erreur d'emmener mon amant au *Catulle*, en l'absence de mes grands-mères évidemment. Depuis, Dominique ne manquait pas une occasion de mentionner son existence.

À cet instant précis l'écran de mon téléphone s'est allumé. Max, justement, me proposait de le retrouver.

– Ménage-toi ! a crié Jean-Claude au moment où je franchissais la porte du café, hésitant entre rendre visite à ma mère au cimetière de Levallois et rejoindre mon amant dans mon lit de la rue Descombes.

6

Deux jours plus tard, j'étais de retour sur l'Aubrac.

La nuit était déjà tombée quand j'ai atteint le plateau. Dans le ciel, les étoiles apparaissaient si nombreuses qu'elles occupaient tout l'espace, des traînées de corps célestes, des taches de peinture blanche sur le ciel violet, une poudre descendant en volute le long des arbres noirs.

Au moment où la départementale, déserte et mal éclairée, s'est enfoncée dans la forêt communale de Laguiole, les cimes des sapins ont fait disparaître une partie des étoiles.

La portion aveyronnaise de l'Aubrac était restée plus boisée que les deux autres. À mes yeux de citadine, toutes les forêts se ressemblaient. Pourtant, les massifs qui se succédaient le long de la route ne pouvaient être plus dissemblables : hêtraies moyenâgeuses contre épicéas plantés dans les années soixante dans une logique économique, les résineux prenant racine sans problème dans ce sol acide, grimpant plus vite que les feuillus. L'épicéa donnait du bois d'œuvre, de la charpente, bien plus rentable que le bois de chauffage extrait du hêtre. Feuillus anciens et résineux récents, la végétation du Nord-Aveyron était à son image, un savant mélange de tradition et de modernité, que ses habitants excellaient à doser.

La semaine précédente, Granita avait qualifié l'Aveyron de locomotive du pays. Le plus rude des trois départements, mais le plus riche. Les Aveyronnais, prétendait-elle, étaient des visionnaires, les plus innovants de tous les habitants du plateau. On leur devait le couteau, la forge de monsieur Costes dessinée par monsieur Starck, la charcuterie de monsieur Conquet, le restaurant de monsieur Bras, la coopérative fromagère de monsieur Valadier ; tout ce qui faisait la renommée de l'Aubrac en somme.

J'avais été estomaquée d'entendre ma grand-tante se glorifier de son ascendance aveyronnaise. À Paris, elle ne semblait en tirer aucune fierté particulière. Elle ne faisait partie d'aucune Amicale et passait son temps à critiquer ses compatriotes. Pour moi, être aveyronnais, c'était tenir une affaire, c'était Douce, Granita, Serge et tous les collègues. Jusqu'ici, j'ignorais même qu'une partie des cafetiers était d'origine cantaloue, dont mon père. Granita avait l'explication toute trouvée à leur assimilation aux Aveyronnais : les Cantalous ont le cul entre deux départements et n'osent rien faire tout seul.

Au moment où je dépassais la station de ski, esquissant malgré moi un sourire narquois – comment pouvait-on appeler ainsi ces tire-fesses dérisoires, ces pentes molles –, le brouillard est brusquement tombé, un rideau se matérialisant devant moi. Un spectacle à peine croyable, un véritable tour de magie. Je ne voyais plus rien. Les phares de la voiture se heurtaient à une muraille blanche. J'ai essayé d'allumer le GPS, grâce auquel j'aurais pu visualiser les courbes de la route mais je n'ai pas réussi.

Je finirais dans le fossé si je continuais à avancer, mais la crainte d'être percutée me dissuadait d'immobiliser la voiture. J'ai baissé la vitre et passé la tête au-dehors pour tenter de mieux me repérer. Une bouffée d'air polaire m'a glacé le visage. Au-delà du pare-brise, le néant.

Le silence m'a paru effrayant. M'est revenue l'histoire des pèlerins du Moyen Âge menacés par les bêtes sauvages. Un instant, j'ai imaginé un loup fendre le mur opalin. J'ignorais si on en trouvait encore sur l'Aubrac.

J'ai continué de rouler à dix kilomètres heure, essayant de ralentir ma respiration. Subitement, un appel d'air s'est formé dans la masse opaque et j'ai aperçu une croix de pierre plantée sur un terre-plein en retrait de la route, en lisière de forêt. En donnant un grand coup de volant, j'ai réussi à faire monter la voiture sur un petit talus d'herbe.

L'horloge affichait vingt-trois heures. Chez les Calmel, tout le monde devait dormir. Sur le moment, je n'ai pas pensé à appeler mon père, j'ai composé le numéro de téléphone de Gabriel.

Je suis sortie du véhicule et me suis approchée du monument. Le vent faisait tourbillonner les plaques de brouillard sans parvenir à les chasser. Mais j'ai reconnu la croix des Trois-Évêques. Granita m'avait raconté son histoire lorsque nous l'avions dépassée en voiture le lendemain de l'enterrement.

Malgré ses trois cents kilos, la croix originale, datant du XIIIe siècle, avait été volée en 1990. Celle-ci était une copie en pierre de grès, plantée ainsi que la précédente aux confins des trois diocèses frontaliers de l'époque, le Gévaudan, le Rouergue et l'Auvergne. Aujourd'hui, elle marquait la limite entre la Lozère, l'Aveyron et le Cantal. Les appellations changeaient mais pas les cœurs des territoires.

Une croix dressée par les moines de la domerie en mémoire d'un concile de l'an 590, dont le but était de décider du sort réservé à la noble et belle Tétradie. À la fin du Ve siècle, celle-ci avait fui son mari Eulalius, un comte auvergnat débauché et violent, emportant les richesses qui lui appartenaient. Citée devant le concile, elle avait été condamnée à rendre quatre fois plus de biens qu'elle n'en avait pris.

Avait-on élevé cette croix en mémoire de la femme battue, punie par des hommes à la solde de son ex-mari, ou en souvenir des prêtres du concile ? La bonne réponse était probablement la seconde, ai-je décrété en mon for intérieur, au pied du monument nimbé de brume, enraciné dans le sol sédimentaire, à la croisée des chemins.

Quand je lui raconterais ma mésaventure, Granita m'apprendrait que Renée, sa mère, ne passait jamais devant la croix des Trois-Évêques sans se signer. J'apercevrais, sur cette route que j'emprunterais souvent, nombre de femmes au volant l'imiter. Toutes ignoraient qu'elles honoraient de la sorte la violence faite à leur sexe, toutes sous-estimaient le danger du rituel, auquel on se prête la plupart du temps sans réfléchir, sans en connaître la signification.

Une silhouette a surgi du brouillard. Gabriel avait fait vite, moins de quinze minutes.

J'ai suivi sans problème la voiture de mon cousin jusqu'à la maison des Calmel : il connaissait la route par cœur. Il a insisté pour me raccompagner jusqu'à la porte d'entrée tandis que je me confondais en excuses. Avant de me laisser, il a promis de m'emmener marcher dimanche sur la route de Bonnecombe. J'y découvrirais le véritable Aubrac, pas celui des jolies vaches et des prés fleuris, non, l'Aubrac noir, l'Aubrac sanctuaire.

7

Au cours du déjeuner du samedi, Bernard a lancé la conversation sur l'abattage. Il revenait de l'abattoir d'Aumont-Aubrac, où les techniques d'étourdissement des animaux étaient très au point. Un coup de pétard dans la tête et on y arrivait en moins de dix secondes, a-t-il rapporté en mimant le geste de ses petites mains blanches. Avec de petits ratages, certes, les effectifs diminuant, les employés se voyaient soumis à des cadences folles. Pour autant, disait-il, il fallait arrêter avec cette histoire de fœtus, une vache était toujours pleine. On ne pouvait pas, se défendait-il, se déclarer pour l'avortement et condamner l'abattage des vaches en gestation. Il comprenait les gens de la ville que ça choquait, mais la plupart du temps, les pauvres bêtes ne souffraient pas, moins que les hommes qui les tuaient en tout cas.

Clémence l'a interrompu en lui demandant s'il l'avait visité en qualité de boucher ou d'adjoint au maire de Nasbinals.

– À présent que tu es dans la politique, tu ferais bien d'aller faire un tour à l'abattoir halal de Barjac. Là-bas, c'est la corrida horizontale. Ils les saignent la tête à l'envers sans les étourdir. Dix minutes de torture pure. Tu ne peux pas faire quelque chose ?

Elle s'est tournée vers moi pour me préciser qu'elle se fichait bien du côté religieux de l'affaire, ce n'était pas le sujet, lui importait seulement que la bête ne souffre pas.

Je me suis empressée d'acquiescer vigoureusement. Je voulais, moi aussi, que les bêtes soient bien traitées. Je voulais surtout que Clémence devienne mon amie. En y repensant, je crois que j'avais besoin, à ce moment-là, d'une alliée bienveillante à mes côtés.

Bernard a ignoré sa fille. Le marché de la viande halal se développait, un nouveau débouché pour nos éleveurs, a-t-il prononcé d'une voix sentencieuse. De par leur grande résistance, les vaches aubracs convenaient aux Algériens, aux Marocains, aux Turcs. Une partie pouvait être engraissée selon leur goût et une autre abattue à l'arrivée selon leur méthode.

– Égorgées à vif, a précisé Clémence. Mais quel hypocrite tu fais ! Tu te fous complètement de ce qui arrive aux animaux du moment que cela rapporte et ne se passe pas sous tes yeux !

– Si on ne vend pas nos bêtes aux étrangers, ce seront les Irlandais, les Brésiliens, les Polonais qui s'en chargeront. C'est un trop gros manque à gagner pour nos paysans.

– « Nos » bêtes ! « Nos » paysans ! Les « étrangers » ! Tu dis vraiment n'importe quoi. Il faut vivre au XXIe siècle, papa !

– Clémence, est intervenue ma grand-tante dans une tentative d'apaisement, on est tous fautifs, tu sais. Nous, les Aveyronnais, on n'a attendu personne pour égorger les cochons vivants ! C'est pas halal, ça ?

Elle a ponctué ses paroles d'un grognement en occitan, provoquant l'hilarité de la tablée. Nicole l'a contemplée d'un air tendre, preuve qu'elle avait dû se montrer nettement plus « gentille » en mon absence. Avaient-elles joué ensemble au Scrabble électronique ?

Annie possédait le pouvoir d'insuffler aux autres son humeur du moment, de leur imposer sa cadence. Ce matin, au réveil, j'avais retrouvé ma grand-tante telle que je la connaissais : drôle et pleine d'énergie. J'en avais été réconfortée.

C'est à cet instant que j'ai remarqué qu'elle n'avait pas touché à sa bavette. Quand je m'en suis alarmée, elle m'a rassurée : elle n'avait pas faim, c'était normal, elle était encore sous le choc de la disparition de sa sœur, son appétit reviendrait vite, jamais elle ne se laisserait abattre, je n'avais pas à m'en faire. Puis elle s'est adressée à Clémence, l'interrogeant sur son exploitation, coupant court à la discussion.

Clémence avait racheté une ferme à un vieux paysan célibataire de Nasbinals cinq ans auparavant et converti son activité en élevage biologique. Engraissant elle-même ses animaux grâce aux céréales que lui procurait une amie éleveuse à Grèzes, elle avait créé un circuit court, un réseau de bouchers et de particuliers à qui elle vendait sa viande en direct. Ses vaches étaient moins stressées car moins véhiculées, elles faisaient davantage d'exercice, et leur viande n'était pas chargée en toxines. Ainsi réussissait-elle à la monnayer davantage.

Dans les rayons de grande distribution, le veau bio ne valait pas plus cher que le veau labellisé. Les clients préféraient les appellations de qualité : « Bœuf fermier Aubrac », « Fleur d'Aubrac », « Veau de Lozère ». Pourtant, le « Veau de Lozère » masquait une réalité cruelle, a dénoncé Clémence. Un veau anémié, qu'on ne nourrissait qu'au lait de sa mère, qu'on privait d'eau et de céréales pour blanchir sa viande, pour plaire aux consommateurs. Un animal maltraité. Certains mouraient de faim et de soif avant l'abattoir. La première année, elle n'avait pas eu d'autre choix que d'en élever parce que c'était l'activité principale du vieux paysan célibataire à qui elle avait racheté l'exploitation. Mais elle n'arrivait pas à assoiffer les animaux comme il l'aurait fallu alors sa viande était restée rosée.

La mine dégoûtée, j'ai voulu savoir si Bernard commercialisait du veau de Lozère. Il avait évidemment arrêté, il avait bien trop peur de la petite !

– Même s'il n'est pas toujours d'accord avec mes décisions, mon père m'aide énormément. Il rêvait d'être éleveur, m'a confié la jeune femme, cette fois sans aucune ironie.

Pourquoi ne l'était-il pas devenu ? J'ai repensé à mon propre père, à nos rendez-vous manqués, j'ai envié l'intimité que partageaient Bernard et Clémence.

Une question m'est soudain venue à l'esprit. La viande des broutards aubracs importés en Italie était obligatoirement rosée puisqu'ils n'avaient pas été élevés uniquement au lait, mais au foin et aux céréales. Or les Italiens n'aimaient que la viande blanche. Comment faisaient-ils pour la blanchir ?

– On leur donne forcément un truc pas très naturel.

– Que penses-tu des éleveurs qui commercialisent leurs veaux en Italie ?

– Chacun fait ce qu'il peut. Le métier d'éleveur n'est pas facile, je ne juge pas. Seulement, je trouve ça dommage de ne pas valoriser des bêtes qui ont vécu sur le plateau. Quel intérêt alors de les avoir nourries à la bonne herbe de l'Aubrac ?

– Que penses-tu de l'élevage de mon père ?

Clémence a laissé passer une dizaine de secondes avant de me répondre. Pendant ce temps, elle jouait nerveusement avec une mèche rousse échappée de son chignon.

– Je pense que ce qui lui arrive est bien triste. Mais ce n'est pas une raison pour vendre ses vaches contaminées au BVD à la boucherie.

Granita a émis ce qui ressemblait à un petit cri de triomphe, signifiant, du moins c'est ainsi que je l'ai interprété, que Serge Alazard n'était décidément pas à la hauteur de la famille Rigal.

8

Il était dix-sept heures passées quand j'ai traversé la cour de la ferme des Alazard. Dans les prés environnants, quelques vaches paissaient, carillonnant d'un tintement continu, doux et entêtant.

J'ai fait glisser la grande porte coulissante de l'étable et je suis entrée dans un établissement à l'ancienne, chape de béton en pente, deux rangées de bêtes entravées, attachées à la chaîne, couloir d'alimentation au centre et séparations de bois entre les mangeoires.

J'ai tout de suite retrouvé des sensations d'enfance, chaleur lourde, odeur musquée de l'étable et son bruit caractéristique, mélange de meuglements brutaux, souffles rauques, raclement des sabots sur le béton, frottement des chaînes de métal.

Seul le quart des litières disponibles était occupé, par une dizaine de veaux à poil long, plus blancs que les aubracs. Les fameux croisements. J'ai également repéré quelques bêtes plus sombres, plus maigres.

Quand mon père m'a vue apparaître, il n'a pas manifesté la moindre surprise, comme si c'était tout à fait normal de me trouver dans son étable, comme si cela ne faisait pas quinze ans que nous ne nous étions vus seul à seul.

Je l'ai observé un instant. Grand, mince, le cheveu brun, la peau mate et ridée, les épaules légèrement rentrées.

Deux jours auparavant, Serge avait fait descendre de la montagne son troupeau transhumant. Autrefois fixée au 13 octobre, la davalade était désormais décalée en raison des changements climatiques. On a eu rentré les bêtes le 1er janvier, l'année passée, a-t-il soupiré.

Les veaux de l'année avaient été sevrés et mis à l'étable, les mères attachées pour éviter qu'elles ne retournent à l'endroit où elles avaient perdu leurs petits. On les rapprochait petit à petit de la ferme, en commençant par les devèzes, les prairies encloses à l'herbe riche, pour finir par les prés de fauche, autour de l'étable. Tout devait être pâturé avant l'hiver.

Je me suis approchée d'un veau au poil blanc, j'ai contourné sa croupe tondue. Le petit bruit régulier qu'il produisait ressemblait au roulement d'une machine à laver. J'ai touché du bout du doigt son museau humide et frémissant.

Si je le souhaitais, je pouvais l'aider à les soigner, m'a-t-il proposé, ce qui signifiait, je l'ignorais, les nourrir.

J'ai hésité : je n'étais pas venue l'aider, j'étais venue pour comprendre, partagée entre colère et curiosité, honte et pitié. J'avais besoin de savoir qui était mon père. Un sale type, un pauvre type ? Je voulais en avoir le cœur net.

En attendant, j'ai accepté. Nous avons été chercher à la grange une balle de foin. Serge l'a déroulée le long du couloir d'alimentation. Munis chacun d'une fourche, nous avons réparti le foin de part et d'autre pour en distribuer à chaque veau. Pour la première fois, nous faisions ensemble autre chose que manger.

J'ai remarqué que les litières de béton, les jas, étaient surélevées par rapport à la rigole : l'ouvrage de son propre père. Le vieux Alazard voulait que ses bêtes aient de la hauteur, au cas où un voisin s'en viendrait les regarder. Elles se montraient mieux, c'était plus élégant. J'ai souri en imaginant la scène.

Tandis que les bêtes mastiquaient, Serge a commencé à racler le sol. J'ai étudié ses mains, larges et boursouflées par le travail, le maniement quotidien du racloir. Elles semblaient greffées à ses bras étroits, ses poignets fins.

Il a progressé jusqu'aux jas vides, poussant des bouses imaginaires du bout de son racloir jusqu'à la rigole, sans pouvoir s'arrêter de murmurer *beichi bê, bê, bê,* viens ici, comme si la bête était encore là, devant lui. J'ai eu un pincement au cœur en lisant les noms des vaches disparues encore inscrits sur les petits panneaux en bois suspendus au-dessus des logettes.

Quand les portes de l'étable s'étaient ouvertes, ce foutu mois d'avril où on était venu les chercher pour l'abattoir, les bêtes étaient restées muettes. D'habitude, elles beuglaient de joie, quand on faisait coulisser les portes au printemps, toutes contentes de sortir, a-t-il regretté.

J'ai attaqué. Quelle était sa vision de l'élevage, pourquoi soigner ses veaux aussi bien qu'il le faisait pour que les Italiens les entassent dans des bétaillères puis dans des cases, les engraissent au maïs dans des ateliers de mille places, hors-sol ? Cette bête-là, ai-je déploré en désignant le petit veau blanc, ne verrait plus jamais une prairie, on la piquerait aux antibiotiques, on l'anémierait, on lui brûlerait les cornes.

– Ça ne te fait rien ?

Il s'est défendu comme il pouvait, il n'avait pas le choix, son élevage était trop petit, trop croisé, l'obligeant à exporter ses bêtes pour survivre.

– Et le bio ?

L'air sincèrement surpris, mon père s'est figé.

– Passer au bio n'a pas de sens, sauf pour toucher des aides.

Il a posé le *fourcou* dans un coin et m'a regardée droit dans les yeux.

– Il n'y a pas grand-chose qui sépare un paysan de l'Aubrac d'un agriculteur bio à part les céréales, qui sont trop chères. Il ne faut pas exagérer, on n'empoisonne pas nos bêtes avec des granulés classiques !

Pour étayer son propos, il m'a demandé de me rappeler ce que j'aimais manger au petit déjeuner, petite.

– Des Frosties, ai-je murmuré, impressionnée par l'assurance dont il faisait soudain preuve.

Eh bien, ça ne m'avait pas empêchée de grandir et de devenir la grande et belle jeune femme que j'étais. À l'inverse, les babas cool maltraitaient les bêtes en ne leur donnant pas assez de nourriture. Elles finissaient décharnées, leur viande sèche, immangeable. Restait la solution des filières de qualité, cependant celles-ci n'étaient pas suffisamment rémunératrices, les gens peu disposés à payer le prix de la bonne viande. Alors il répétait les gestes de son père et son grand-père, respectait la tradition des aînés.

En maniant la fourche, j'avais remarqué un sac de fertilisant ouvert dans un coin.

– Et l'engrais que tu répands dans les champs ?

– On n'en met presque pas par ici.

Son ton s'était durci. Ébranlée, je me suis éloignée, j'ai marché le long du couloir jusqu'aux bêtes brunes et maigres qui ruminaient paisiblement au fond de l'étable. Granita m'avait appris que chaque troupeau possédait sa propre couleur, selon la préférence de l'éleveur. Les robes variaient du fauve au caramel, du café au gris fumé. Les vaches de mon père avaient toutes la même teinte terreuse. À contempler le mouvement répétitif de leurs mâchoires de *clèdes*, j'ai fini par me sentir bercée comme dans une barque qui tangue.

Serge m'a rejointe. Ces vaches-là, a-t-il repris d'une voix apaisée, étaient les plus vieilles du troupeau. Il m'a montré qu'on devinait l'âge d'une bête au maquillage de ses yeux, aux anneaux de ses cornes pointues. Il a ajouté que la manipulation des vaches à cornes était dangereuse : il y avait eu beaucoup d'accidents, rien que l'an dernier un fermier de La Terrisse avait perdu un œil. En conséquence de quoi il n'était pas nécessairement contre leur ablation, à travers la création d'une race de vaches aubracs décornées, pour leur protection et celle des éleveurs.

J'ai pris un air dubitatif. Par principe, j'étais contre la modification artificielle d'un génome humain ou animal, sauf dans le cas des bébés médicaments. Mon père s'attendait à cette réaction. Il pariait que je ne n'avais jamais réalisé que les vaches laitières n'avaient pas de cornes. Et pourtant ça n'existait pas au naturel, une vache sans cornes. Cette vision était-elle choquante ? Non, on l'admettait depuis des décennies.

La génétique était le pivot de l'élevage. On croisait les races pour mieux conformer l'animal, on étudiait précisément la morphologie d'un taureau avant de l'acheter parce que ses produits seraient faits comme lui, on observait la ligne du dos, sa fermeté au grasset, son développement squelettique. La musculature et même la posture d'une bête se transmettaient d'une génération à l'autre, tel le gène culard, une hypertrophie de l'arrière-train.

À quoi ressembleraient nos enfants, selon qu'ils étaient conçus avec cet homme ou cet autre, c'était une chose à laquelle on ne pensait pas toujours avant de tomber amoureuse. Je devrais me souvenir d'en rire avec mon amie Margot, dont le nouveau compagnon avait les jambes arquées – il a les pattes en parenthèses, raillait Granita. En rire avec mon autre amie Sarah, laquelle prétendrait porter le gène culard. En rire pour ne pas trop réfléchir au fait qu'en usant de la génétique, mon père contribuait à l'évolution artificielle de l'animal dans un but commercial.

Ces vaches plus âgées feraient bientôt partie de ce qu'on appelait les vaches de réforme, vouées à la boucherie puisque inaptes à la production de veaux ou de lait. Selon leur âge et leur fonction d'origine, on les transformerait en viande fraîche ou en produits carnés : les vieilles laitières, on en fait des steaks hachés, ça garnit les rayons des supermarchés.

J'avais trente-huit ans et pas d'enfant, je me trouvais donc, selon cette grille de critères, périmée, bonne pour la tuerie. On ne garde pas une vache qui ne vêle pas, elle ne sert à rien, a décrété mon père sans malice, après quoi il a précisé que l'abattoir n'était pas la pire fin qu'un animal puisse connaître. Si on lui redonnait sa liberté, la vache serait attaquée par un prédateur. La laisser mourir de sa belle mort dans une prairie revenait à la condamner au supplice. Elle ne pourrait plus se lever, ni boire ou manger. L'envoyer à la boucherie n'était donc pas si cruel. L'animal ne souffrait pas et l'homme mangeait à sa faim.

En moi, l'indignation le disputait à la tristesse. C'était la conversation la plus longue que mon père et moi eussions jamais partagée mais, loin de me satisfaire, elle aiguisait ma frustration. Bien qu'il prétende respecter les Anciens, en décrivant son troupeau comme de la viande sur pattes, il admettait avoir perdu le lien qui l'avait attaché à son propre père ainsi que celui-ci à ses bêtes, et qui plus est il ne semblait pas désirer le renouer avec son propre enfant. Alors j'ai donné le coup de grâce.

– Et les vaches contaminées au BVD ? On en fait quoi ? Des raviolis ? l'ai-je interrogé sans le regarder. Des raviolis qu'on donne à manger aux petits ?

Du coin de l'œil, j'ai vu sa bouche se plisser, ses joues s'empourprer.

– Oui, a-t-il admis dans un murmure. Mais c'est légal. La maladie n'est pas transmissible à l'homme. Le vétérinaire m'a délivré un certificat…

Il a soupiré, son souffle semblait venir du fond de son ventre.

– Je n'ai pu faire autrement que les vendre… Bien que ça n'ait finalement rien changé. Il a raison, Armand. Je ne vais pas m'en sortir.

9

La neige était tombée pendant la nuit et le paysage prenait l'aspect d'une croûte soufflée, de l'omelette norvégienne que Douce servait au réveillon du nouvel an. Les champs givrés s'hérissaient de necks, les anciennes cheminées volcaniques, et de haies d'épicéas repiqués au sommet des collines pour protéger les troupeaux. Des haies étrangement courtes, en forme d'accents aigus ou circonflexes. Une page blanche parcourue de ponctuations noires, voilà ce que j'aurais pu voir si j'avais été un faucon pèlerin, un vautour dans le ciel cendreux de l'Aubrac. Tout était blanc ou noir, comme si une main invisible avait activé la fonction monochrome sur un appareil photo géant.

Le long de la route, des hêtres glacés de givre composaient des sculptures dentelées d'un gris violacé, des créatures fantastiques évoquant les gargouilles d'une cathédrale. J'ai visualisé le *Drac*, le diable aveyronnais mi-homme, mi-bête au pouvoir divinatoire dont Douce peuplait les histoires qu'elle me contait le soir. Le sien revêtait l'apparence d'une femme à tête de dragon. Monstre amphibien, il volait, plus rapide que le vent malgré sa stature géante.

Nous n'étions qu'en novembre mais ce que j'appelais, moi, l'hiver, avait déjà débuté ici. Entre brouillard et neige, je comprenais l'angoisse des serveuses d'Armand Raynal. Moi aussi j'étais une *clouque*, j'aimais la ville, les bars, les cinémas, les musées, et les vacances à la plage. Les endroits isolés m'angoissaient et j'étais frileuse au-delà du raisonnable.

Le site de Bonnecombe se trouvait à la confluence de trois ensembles géologiques, je pourrais y apercevoir du gneiss, une roche métamorphique provenant de la déformation du granit, reconnaissable à sa structure en couches, une alternance de lignes sombres et claires, comme la tranche d'un livre dont on aurait mélangé les pages blanches et noires, a dépeint Gabriel.

Fidèle à sa promesse, mon cousin était venu me chercher à neuf heures ce dimanche matin pour m'emmener marcher. Impatient de retrouver les landes de l'Aubrac, il avait attaqué la promenade d'un pas fringant que je trouvais difficile à égaler.

Gabriel cherchait toujours à mettre en scène ses randonnées, à changer les perspectives. Il s'arrangeait pour traverser un sous-bois avant de déboucher sur une crête. Lorsque le paysage se déployait brusquement, c'était comme un rideau qui se levait : ici, l'art est partout.

Il m'a conduite en surplomb de la cascade du Déroc. Le résultat d'une fracture, trente mètres de hauteur, apparue au moment du soulèvement de l'Aubrac, quand les coulées de lave avaient envahi les failles.

Nous nous sommes approchés du décrochement de la falaise. Féroce, le vent grésillait, comme sorti d'un gigantesque haut-parleur. Sur l'Aubrac, il modifiait les centres de gravité : l'eau giclait vers le ciel tel un geyser. Me voyant plaquer mes mains sur mes cheveux, Gabriel s'est amusé de ma coiffure malmenée. Ici, tant que le vent ne dépasse pas les quarante kilomètres heure, on dit que c'est de l'air, a-t-il plaisanté.

Il s'est faufilé entre deux barbelés pour passer d'une prairie à l'autre. Chaque parcelle était clôturée. Les éleveurs se méfiaient des randonneurs, craignant que ceux-ci omettent de refermer les barrières et que les troupeaux se mélangent. Les clôtures, les marécages et les vaches protégeaient le pays : on ne pouvait traverser l'Aubrac sans rencontrer d'obstacles. L'impression première d'immensité et de liberté s'avérait illusoire.

Je l'ai imité. J'avais peur d'abîmer mon nouveau blouson mais c'est ma main que j'ai écorchée. La voix familière de Granita a résonné dans mon esprit : tu ne sais jamais où mettre tes grandes mains et tes grands panards, Brune ! Des gouttes de sang sont tombées sur la neige et une fine balafre rouge s'est formée sur ma peau.

Gabriel s'est avancé vers le bord du chemin. Il a étudié un massif de plantes et en a détaché quelques feuilles séchées qu'il a froissées entre ses paumes puis frottées sur la coupure. Le sang s'est arrêté de couler. J'étais fascinée, j'adorais les médicaments, qu'ils soient chimiques ou naturels, contrairement à Granita qui en parlait comme du poison. Je n'ai jamais pris un médicament de ma vie et regarde, je pète le feu, se félicitait-elle.

Mon estomac s'est tordu au souvenir de ma grand-tante qui n'avait presque rien avalé depuis six jours.

– Une plante séchée ne perd pas ses pouvoirs, a dit Gabriel d'un ton grave, comme s'il lisait dans mes pensées.

J'ai repéré un chapelet d'empreintes sur le tapis vierge. Celles d'un renard. On les reconnaissait à leur alignement. Avec le loup, le renard était le seul animal qui marchait dans ses propres traces.

– Sur une ligne, comme un top-modèle.

– Y a-t-il encore des loups sur l'Aubrac ?

– Oui, je n'en vois jamais mais j'observe souvent leurs marques. Ils se déplacent en meute mais parce qu'ils marchent dans les pas les uns des autres, on ne peut pas savoir combien ils sont. Tu ferais de même si la neige était profonde, tu te servirais des empreintes existantes, c'est plus facile.

J'ai imprimé la marque de ma chaussure à côté de celle d'un sabot. Puis j'ai balayé la neige souillée du plat de ma main blessée.

Nous avons dépassé une pancarte indiquant la direction à prendre pour se rendre au *Buron du Lac*, le restaurant d'Armand Raynal.

Les burons, ces petites maisons de pierre enfoncées au milieu des terres d'estive, autrefois habitées les mois d'été par deux ou trois hommes qui y fabriquaient du fromage sans électricité, sur de la terre battue et sans croiser quiconque. La plupart avaient été laissés à l'abandon dans les années soixante, quand la confection de la fourme s'était mécanisée. Persuadés qu'ils ne valaient plus rien, les Cantalous et les Lozériens avaient bradé les pâturages qui s'y trouvaient associés à leurs voisins aveyronnais. Ceux-ci avaient compris qu'il suffisait d'aménager clôtures et points d'eau pour y faire pâturer les vaches allaitantes et leurs veaux. Aujourd'hui, on ne trouvait plus une seule montagne à vendre sur l'Aubrac, et quand cela arrivait, son prix était si élevé qu'aucun paysan n'avait les moyens de l'acheter.

Sur les deux cent soixante-cinq burons du plateau, une trentaine avaient été réhabilités dans un but touristique. Un seul était de nouveau entièrement dévolu à la fabrication de fromage, celui d'un jeune homme qui, né en Lozère, travaillait en Aveyron et vivait dans le Cantal.

– On s'est jetés sur les terres mais on a laissé s'effondrer les maisons, a résumé Gabriel.

Je l'ai dévisagé, surprise. Un Aveyronnais qui pratiquait l'autocritique, ça ne devait pas être bien courant. Décidément, la nouvelle génération brouillait les pistes et les frontières.

– Les propriétaires des burons désaffectés ne les prêtent qu'aux bonnes sœurs, pour leurs retraites estivales, a-t-il ajouté.

Les Aveyronnais comptaient-ils ainsi s'acheter la grâce de Dieu ? Était-ce pour cela qu'il y avait autant de croix sur le plateau ?

Bien qu'elle se déclarât non croyante, à la différence de Douce, régulièrement victime de crises mystiques, Granita pensait que l'omniprésence des croix en pays d'Aubrac, dont chaque puech, chaque carrefour était flanqué, constituait l'une de ses forces : mais alors, quoi, on ne va pas déplanter toutes les croix de France ? Qu'est-ce qu'on mettrait à la place ? On n'a pas d'autre ciment que nos traditions pour nous faire tenir tous ensemble. C'était d'ailleurs la raison pour laquelle elle s'était résolue à me faire baptiser.

J'estimais, pour ma part, que ces soi-disant catholiques redoutaient de perdre leurs privilèges et refusaient de les partager avec ceux dont les racines n'avaient pas poussé dans leur terre. Mais toutes les croix qu'ils pourraient bien planter ne seraient jamais que des épouvantails.

Sur notre gauche s'étendait une étendue d'eau métallique. Un lac glaciaire sauvage, cerclé de combes marécageuses, surmonté lui aussi d'une croix de pierre.

– Nous avons de la chance, s'est félicité Gabriel. Par temps maussade, la lumière est encore plus belle, le lac de Saint-Andéol encore plus mystérieux.

Le lieu avait fait l'objet d'un culte païen pendant la période gallo-romaine. On y jetait des pièces, du fromage, des vêtements, et disait-on, des enfants…

– Les vieux paysans racontent qu'il y a là-dessous une ville engloutie, et que les jours d'orage, on entend la cloche de l'église sonner.

Les perdus n'étaient pas ceux qu'on croyait, avait déclaré Granita quand nous avions évoqué la cloche de la domerie d'Aubrac. J'ai observé la croix dressée au sommet d'un puech en surplomb du lac. On l'avait donc plantée là pour ramener les idolâtres dans le droit chemin.

– Observe bien le lac au prochain coup de vent, m'a enjoint Gabriel.

Je n'ai pas eu à attendre longtemps pour voir le plan d'eau se soulever, des formes apparaître. J'avais l'impression d'êtres ondulant sous la surface. De monstres amphibies. Les fantômes des enfants sacrifiés ? J'avais beau me dire que le vent était seul responsable de ces mouvements aquatiques, la vision me troublait profondément. En réalité, j'étais perturbée par la certitude de reconnaître l'endroit. J'étais déjà venue ici. Je devais avoir pris une mine effrayée car Gabriel a éclaté de rire.

– Il n'y a jamais eu d'enfants jetés au lac ! Des pièces, du pain, du fromage, des vêtements, ça oui, mais pas d'êtres humains. Je vais te révéler le seul miracle de Saint-Andéol. *Le Buron du Lac* se trouve tout au bout de ce chemin. Eh bien, malgré les panneaux fléchés qu'Armand Raynal a lui-même plantés, tous les touristes se trompent et s'arrêtent au premier restaurant, *Le Buron du Puy* !

J'ai ri moi aussi jusqu'à ce que la sonnerie de mon portable retentisse. Nicole s'était résolue à m'appeler malgré les interdictions répétées d'Annie. Ma grand-tante était tombée dans la salle de bains. Elle était si faible qu'on avait appelé un docteur. Pouvais-je venir ? Au plus vite.

Quand je suis arrivée, le médecin de Nasbinals se tenait déjà au chevet de Granita, un type corpulent dont le souffle de locomotive n'augurait rien de bon. Il devait lui-même être malade pour respirer de la sorte.

– Votre grand-mère est très faible, m'a-t-il annoncé. Si elle continue à ne rien manger, je vais devoir la faire hospitaliser.

– Ah ça non ! a protesté Annie qui, le visage creusé, les joues grisâtres, flottait dans sa chemise blanche et sa jupe noire.

– On va vous donner trois bouteilles de liquide hyperprotidique par jour pour vous faire du muscle, et un tube de lait concentré pour vous faire un peu de gras. Si cela ne fonctionne pas, je ne vous laisserai pas le choix.

Il lui parlait comme à un bestiau. Ce n'était pas si surprenant. Qu'avait dit Granita ? Sur l'Aubrac, les vaches étaient plus précieuses que les êtres humains.

J'ai protesté, j'avais prévu de ramener Annie en voiture à Paris l'après-midi même. Le gros docteur m'a arrêtée d'un geste de la main. Pourquoi diable voudrais-je faire une chose pareille, la priver du bon air ?

La voix enfantine de Nicole m'a apaisée. Je n'avais pas à m'inquiéter, elle garderait Annie le temps nécessaire.

Je suis descendue dans l'intention de me servir un verre de whisky, enfin ce que je trouverais de fort, tant pis si ça devait être du Tonton, du Birlo ou du vin de noix.

C'est là que j'ai surpris Gabriel en train d'embrasser Clémence. Il tenait délicatement son visage entre ses mains. Ils étaient beaux.

Mon cousin et ma cousine. Au fond cela n'avait rien d'étrange. Sur le plateau tous se connaissaient.

Je les ai contemplés un instant. J'ai aimé le regard à la fois tranquille et joyeux dont Gabriel enveloppait Clémence. Je suis restée à les observer jusqu'à ce que je prenne conscience que Max ne m'avait jamais regardée ainsi.

III

Viandes

1

Avais-je manqué d'une mère ? À la mort de Rose, Douce venait d'avoir quarante-deux ans. Il lui arrivait de ne pas détromper ceux qui me prenaient pour sa fille. Dans ces moments-là, je mettais son silence sur le compte de sa coquetterie mais en y réfléchissant, il me semble qu'y croire, rien qu'un instant, lui facilitait la tâche.

Je n'avais pas connu ma mère, elle n'était qu'une auréole sur un tapis dont j'aurais parfois souhaité qu'il fût enfin passé au shampoing moquette.

Désormais je manquais d'une grand-mère.

Mais heureusement, j'avais mes amies.

Voilà à quoi je songeais en marchant dans la ville. Le ciel parisien était sombre et humide, la température douce. J'avais rendez-vous avec Margot et Sarah au *Bar Bas'*, l'ancien café de mon père près de la place de la Bastille, qu'un couple d'Aveyronnais avait racheté.

Jusque dans les années quatre-vingt, les limonadiers aveyronnais et cantalous possédaient les trois quarts des cafés-tabacs d'Île-de-France. Ce chiffre avait fortement diminué mais restaient dans leur escarcelle quelque six mille bars, restaurants et hôtels.

À la différence de mes amies qui s'en étonnaient toujours, il me semblait naturel que la moitié des cafés de Paris et de la proche banlieue fût encore aux mains des descendants des bougnats.

Qu'il s'agisse d'une entraide organisée, d'un clan, d'une confrérie, d'une diaspora, je n'y songeais pas. C'était le décor de mon enfance, le milieu de ma famille, pas celui de mon travail ni de mes amis. Je n'étais pas de la partie.

Portes battantes, comptoir et tables en Formica, carrelage rouille abîmé, peinture jaune défraîchie. De même qu'au *Catulle*, le cadre du *Bar Bas'* restait immuable. Les nouveaux propriétaires avaient changé d'employés mais pas de meubles.

Mes deux amies n'ont rien osé dire mais à leur mine j'ai compris qu'elles se seraient accordées avec Granita qui trouvait l'endroit « minable ».

Mes parents avaient travaillé ensemble ici. J'ai longuement considéré les murs cloqués, les vieux posters Dubonnet, les carafes Casanis abandonnées le long de l'arrière-comptoir, tâchant d'imaginer ma mère aux manettes du percolateur, de la tireuse de bière, ma mère en tablier, les mains trempées de produit vaisselle, en vain.

Margot, Sarah. Je les ai serrées dans mes bras chacune à leur tour et remerciées d'être venues, la voix éraillée, le souffle court. Décontenancées, elles ont formé autour de moi une coque de chaleur. Voulais-je qu'elles se relaient le soir pour ne pas dormir seule ? Que l'une d'elles m'accompagne à Nasbinals le week-end prochain ? Je n'avais pas l'air dans mon assiette.

Mon visage avait changé, a soudain remarqué Margot. Mon regard s'était assombri, mes yeux étirés, ma peau luisait d'un éclat étrange, mes cheveux paraissaient plus épais, plus noirs.

– Je ne veux pas te choquer mais c'est fou ce que tu ressembles à Douce. L'Aubrac te réussit, a lancé mon amie en dirigeant vers moi la pointe de son couteau d'un air entendu.

Je savais très bien ce qu'elle voulait dire. Margot était persuadée que le secret de ma grand-mère m'avait été légué comme le gène culard de la vache au veau. Qu'il avait toujours été là, silencieux, dissimulé à l'intérieur de mes cellules, cherchant n'importe quel subterfuge pour se libérer.

Depuis la révélation du secret de la paternité de Maurice, je n'éprouvais plus d'angoisse à la vue des couteaux. Apprendre que j'étais petite-fille de coutelier semblait avoir mis fin à mon anxiété. Je devais l'admettre, c'était troublant.

– À l'Aubrac, alors, ai-je lancé en levant mon verre. À Douce. Et à nous !

Puis nous avons trinqué à la santé de Granita. J'avais eu cette dernière au téléphone un peu plus tôt dans la journée et lui avais trouvé une bonne voix. Nicole m'avait assuré qu'elle veillait à ce qu'elle ingurgite ses « potions ». Son appétit n'était toujours pas revenu.

Margot m'a proposé d'aller elle-même chercher ma grand-tante à Nasbinals pour la conduire à l'hôpital de Rodez. Elle y connaissait un spécialiste en gastro-entérologie. Gynécologue obstétricienne à l'hôpital de Versailles, Margot était la préférée d'Annie : elle était bosseuse et carnivore, deux qualités vitales aux yeux de ma grand-tante.

J'ai refusé sa proposition. J'en étais venue à la conclusion que Granita ne s'alimentait plus parce que sa sœur n'était plus là pour lui faire la cuisine. Aucun médecin ne pouvait remédier à cela.

Pour sa part, Douce préférait Sarah, dont elle appréciait la gourmandise et le bon caractère.

Boucles blondes, bras potelés, visage mutin, Sarah passait ses journées à pétrir la chair, soigner les membres et les muscles, seule kinésithérapeute de ma connaissance à garder ses malades une heure au lieu des trente minutes réglementaires, si bien qu'elle finissait par perdre de l'argent au lieu d'en gagner.

J'aurais défié n'importe qui de deviner son métier.

Imaginer la profession d'inconnus était notre jeu préféré, à toutes les trois. Nous tenions un carnet dans lequel nous inscrivions nos points. Chaque fin d'année, nous les comptions et celle qui avait perdu invitait les deux autres à dîner. Je perdais toujours.

Inlassablement, Douce consolait Sarah lorsque celle-ci se plaignait de sa petite taille la contraignant à un régime incessant en dépit d'une alimentation exclusivement bio. Tout ce qui est petit est mignon, ma pitchoune, tu veux une crêpe ? C'est pas parce que c'est bio que ça fait maigrir, ricanaient en retour Margot et Granita.

En s'appropriant chacune l'une ou l'autre de mes amies, mes grands-mères avaient créé un jeu virtuel de balles en double dont j'étais devenue, tout naturellement, l'arbitre.

Sarah a pris un air horrifié en découvrant dans son assiette une feuille de salade cartonnée, qu'elle a immédiatement qualifiée de transgénique. De son côté, Margot contemplait en riant un rectangle brun flanqué d'une sauce visqueuse et jaunâtre.

– Ton plat provient d'un sachet sous vide ! me suis-je offusquée. Si mon père voyait ça, il en serait malade !

Margot a haussé les épaules et planté ses dents dans la matière caoutchouteuse.

Cette fois, Sarah avait de quoi faire valoir ses arguments favoris, comment Margot pouvait-elle encore manger de la viande, industrielle qui plus est, mauvaise pour le corps, pour la planète et pour l'économie.

Treize heures d'affilée à l'hôpital vous rendaient moins difficile, l'a interrompue Margot. L'homme était omnivore depuis la nuit des temps, Sarah n'allait pas réinventer le monde. Du reste elle ferait mieux de l'imiter, sa mauvaise mine indiquait une carence certaine en fer et vitamine B12. Un diagnostic gratuit, tiens.

Mais aucune des deux n'allait convaincre l'autre, la viande demeurant, de même que la religion ou la politique, un sujet sacré dont il valait mieux ne pas débattre entre amis.

C'était probablement, ai-je alors asséné en désignant l'assiette de Margot, fière de mes nouvelles connaissances, de la vache de réforme polonaise piquée aux antibiotiques, une vieille laitière exsangue gavée aux granulés dont on avait fait des cubes congelés. Cette bête-là n'avait jamais vu une prairie et souffert toute sa vie. Ne devrait-on pas uniquement consommer de la viande d'animal correctement nourri ? ai-je ajouté, plagiant ma grand-tante.

Margot et Sarah m'ont dévisagée, ébahies par mon subit intérêt pour l'agriculture française et l'accent passionné que j'y mettais.

– On a désincarné la viande pour en faire un produit, ai-je poursuivi, encouragée par les regards attentifs de mes amies. On a supprimé le lien entre l'animal et l'assiette, tout cela parce qu'on est dans le déni de la mort des animaux, de la mort tout court… Mais moi je ne veux pas être dans le déni, parce que Douce est morte et Granita va bientôt mourir elle aussi... J'ai fini ma phrase en hoquetant.

– On va aller prendre un verre dans un endroit plus gai, a décidé Margot.

Le lendemain matin, je me suis réveillée en nage, reconnaissant à peine le papier peint à rayures bleues et blanches de la chambre de Douce. Les lignes tanguaient devant mes yeux. De ma vie, je n'avais pas connu une telle gueule de bois. Je ne me souvenais absolument pas d'être rentrée rue Catulle-Mendès après avoir quitté le bar dans lequel Margot nous avait entraînées et où j'avais eu droit à un traitement de choc.

J'en étais à mon troisième Mojito quand une main s'était posée sur mon épaule, celle de Max.

Qu'est-ce que je faisais là ? Pourquoi ne répondais-je plus à ses textos ? Il ne pouvait pas rester, sa femme était déjà dans la rue, ils devaient libérer la baby-sitter. Je lui manquais, pouvions-nous déjeuner demain, il me ferait découvrir un nouveau restaurant italien, le meilleur tiramisu de Paris, j'allais adorer...

Il avait effleuré mes cheveux du bout des lèvres avant de disparaître. J'avais pensé que son blouson de cuir, ses tatouages et ses bracelets ne réussissaient pas à camoufler ses cinquante ans. Et que notre histoire était terminée.

C'était tout ce dont je me souvenais.

Je me suis aperçue du dérangement anormal des draps et de la nudité de mon corps. Aussitôt l'image de celui de Max m'est apparue. J'ai attrapé mon portable avec difficulté. La chambre continuait de tourner autour de moi. Et j'ai obtenu la confirmation de mes craintes.

00:17, appel sortant, 1'15, Max.

Une minute quinze, le temps de convaincre mon amant de me rejoindre. Alors même que je venais de prendre la décision de le quitter. Quelle conne.

J'ai reposé brutalement le téléphone sur la table de chevet. Un cliquetis étrange s'est fait entendre. Sous l'appareil se trouvait ma croix d'Estaing en or dentelé, incrustée de cinq petits rubis. La reproduction de la croix de fer forgé du pont d'Estaing, en Aveyron. Le bijou qu'on offrait à toutes les petites filles du département pour leur première communion. Je l'avais oubliée jusqu'à ce jour, j'ignorais même où elle se cachait.

Je dis « ma croix » mais elle avait appartenu à ma mère avant moi.

J'ai jeté un coup d'œil de l'autre côté de la chambre, là où se nichait ce que Douce appelait son petit cabinet de curiosités, un étroit semainier Louis XV en bois d'acajou et garniture de bronze doré, qu'on aurait imaginé prendre vie sous la forme d'un maréchal rougeaud, ventru et trapu, aux jambes tordues et à l'air satisfait.

Tous ses tiroirs étaient ouverts.

Petite, je passais des heures à jouer à la marchande de bijoux dans cette chambre. Le meuble était plein à craquer, il y en avait pour tous les goûts, broches dorées, faux diamants, fausses émeraudes, turquoises et améthystes, bracelets de métal, joncs martelés, manchettes berbères, perles en toc, colliers multicolores. *Miladiou*, maugréait Granita, elle va finir par s'étrangler avec tous ses colifichets.

Nous avions enterré ma grand-mère avec la gourmette à larges maillons qui ne quittait jamais son poignet gauche et dont les initiales gravées sur la plaque étaient devenues illisibles. Maintenant, je me demandais si ce n'étaient pas celles de son frère, Antoine. Depuis la mort de Douce, je m'étonnais de toutes les questions que je n'avais pas songé à lui poser et dont je n'obtiendrais plus les réponses.

Granita, elle, ne possédait rien d'autre que la bague qu'elle portait à l'annulaire gauche, un simple anneau d'or enchâssé d'un petit rubis : ça fait veuve, les clients me laissent tranquille.

J'ai scruté la croix aux cinq pierres, qui m'ont semblé identiques à celle de la bague de ma grand-tante. La tenait-elle de sa famille ?

J'ai fini par me lever et j'ai continué mon œuvre de la veille, j'ai fouillé jusqu'à dénicher une longue chaîne dorée que j'ai passée dans la bélière du bijou, puis autour de mon cou.

À l'autre bout de l'appartement, dans la chambre de Granita, accolé au mur, le jumeau du maréchal, le pendant du semainier, son exacte réplique en acajou et bronze. Mais celui-là ne contenait que des papiers. Ma grand-tante y rangeait son courrier et tout ce qui de près ou de loin avait trait à la gestion du café. J'ai pensé à l'ouvrir et puis je me suis ravisée.

2

Deux longues semaines se sont écoulées sans voir Granita. D'aussi loin qu'il m'en souvienne, cela ne m'était jamais arrivé.

Elle me manquait, je m'inquiétais de son état, Nicole m'assurait cependant qu'il n'empirait pas.

Quand, le vendredi après-midi, j'ai enfin atteint Laguiole, je me suis arrêtée quelques instants devant la coutellerie Boyer. La boutique était close, les rideaux tirés, la rue principale vide. Mais à l'approche du week-end, à l'occasion d'un dîner au restaurant, la place du foirail s'emplissait de voitures de luxe.

S'ils étaient plus affables et se « montraient » davantage que leurs voisins, d'après Annie, les habitants de Laguiole restaient des gens discrets. Ils disposaient de tout le confort possible, fermes restaurées, cuisines sur mesure et appartements à Rodez, mais leur apparence demeurait aussi simple que la façade de leurs maisons. Unique signe extérieur de richesse, la voiture haut de gamme. Cette règle s'appliquait à la plupart des habitants du plateau. Modestes et réservés, Serge Alazard et Bernard Camel possédaient, à l'instar de beaucoup de leurs amis, des 4x4 rutilants de marque étrangère.

J'observais la même retenue chez les limonadiers aveyronnais de Paris. Je pensais en particulier à un ami de la famille à qui appartenaient, en nom propre, une trentaine d'établissements, la plus grosse fortune de la bistrocratie parisienne. Il accumulait les cafés comme ses parents, les terres. Hormis ses pairs, personne ne connaissait son existence ni son nom, bien qu'il pèse plus lourd que toutes les stars de la restauration auvergnate, jubilait Granita.

À plus de soixante-cinq ans, notre ami continuait de faire chaque jour le tour de son empire, de s'enquérir du nombre de couverts en terrasse et du contenu des caisses, d'astiquer l'argenterie, de fabriquer le chocolat chaud du week-end, invariablement vêtu du même pull jacquard et du même pantalon de velours côtelé. Mais d'un café à l'autre, c'est en Audi Q3 toutes options qu'il se déplaçait.

Annie prétendait que la place du foirail de Laguiole se transformait en Salon de l'auto quand les Parisiens revenaient pour les vacances d'été. Du pain béni pour le Centre des impôts, dont les émissaires relevaient avec zèle les numéros des plaques d'immatriculation.

Au milieu de la place se dressait le célèbre taureau de bronze, onglons plantés sur un grand socle de pierre noire, chignon et mufle au vent, l'air féroce. Le symbole de la race, la curiosité et la fierté de la commune. La vache avait toujours été le totem de l'Aubrac, son tracteur, son garde-manger, sa bourse. Cependant c'était le taureau qu'on glorifiait. De même qu'on disait viande de bœuf alors qu'on mangeait de la vache, on parlait de bœufs dressés et non de femelles. La misogynie valait aussi pour les bovins.

Après un dernier regard au magasin des Boyer, j'ai fait apparaître Douce en femme de coutelier, en bourgeoise de province, je l'ai vue traverser la rue vers le foirail, vers le Crédit Agricole, en talons hauts et manteau de cachemire, son sac en peau de crocodile calé sous son bras, sourire aux lèvres, fossette creusée, mise en plis parfaite, j'ai entendu l'employé de banque lui souhaiter la bienvenue : Bonjour madame Boyer, vous m'apportez le pactole de la semaine ?

L'antenne laguiolaise du Crédit Agricole était l'une des plus riches de France. Ça, une touriste ne l'aurait jamais deviné, preuve que je n'en étais plus une, ai-je songé en appuyant sur l'accélérateur pour quitter au plus vite la ville qui n'avait pas voulu de ma grand-mère.

En cette fin de journée, le ciel bleu s'embrasait, traversé de longs nuages rouges, flammes parallèles à la ligne des crêtes enneigées.

J'ai observé le panorama se métamorphoser à toute vitesse, une ligne de lumière dorée se former à l'horizon, le long des collines, s'élargir puis disparaître, avalée par la terre, les nuages filants se colorer de violet, le ciel prendre successivement toutes les teintes existant entre le jaune et le parme pour finir par ressembler à un motif psychédélique. Contempler le coucher du soleil sur le plateau, c'était s'offrir un spectacle en Technicolor, selon Gabriel.

Je me suis arrêtée une minute pour prendre une photo : je voulais montrer à Margot et Sarah ces ciels d'alchimiste. Mais quand je suis sortie de la voiture, le souffle du vent m'a projetée sur le côté. J'ai lutté quelques secondes pour finir par me réfugier dans l'habitacle sans avoir réussi à sortir mon téléphone de ma poche.

Les moines avaient libéré l'écir en défrichant les forêts mais la nature, toujours, se retournait contre les hommes.

À mon arrivée à Nasbinals, le ciel était presque noir. Une odeur humide de forêt et de poussière m'a saisie. Un parfum que j'étais heureuse de retrouver.

Nicole préparait le dîner. J'ai humé avec plaisir le parfum du pot-au-feu, de la tarte aux poires. Sa belle-mère Madeleine lui avait transmis son savoir, m'a-t-elle appris. Nicole ne comprenait pas pourquoi ma grand-tante refusait de manger : ses plats avaient le même goût que ceux de ma grand-mère. Avant Nicole, Madeleine avait fait la même chose avec Douce. Et celle-ci s'était révélée encore plus douée que son professeur.

Elle m'a encore rapporté qu'Annie l'importunait continuellement au sujet de sa cuisine, exigeant que soient respectées au gramme près les proportions des ingrédients listées dans le carnet de recettes de Madeleine, récusant les libertés qu'il lui arrivait de prendre.

Nous sommes restées un moment adossées au comptoir, dans les effluves fumants d'oignons, de carottes et de viande cuite. Un léger mal de cœur m'a soudain envahie, m'ôtant toute sensation de faim.

– Est-ce que Douce et Madeleine étaient proches ? ai-je voulu savoir.

– C'était surtout Annie, a répliqué Nicole en ôtant la cocotte du feu. À ce qu'il paraît, jeunes filles, Annie et Madeleine étaient comme les doigts de la main.

Et pourtant, mes grands-mères n'avaient jamais évoqué le souvenir de Madeleine Calmel devant moi. Après mes dernières vacances sur l'Aubrac, après mes quinze ans, je n'avais plus entendu prononcer son nom.

Lors du dîner, Granita n'a pas cessé de plaisanter. Elle ne mangeait pas mais bavardait, beaucoup, trop.

Elle s'employait, avec succès, à faire rire les Calmel. Et aussi Gabriel, invité ce soir-là.

– Ta grand-tante est géniale, a soufflé mon cousin germain, qu'à ma grande surprise Annie couvait du regard.

Depuis mon arrivée, elle m'ignorait. M'en voulait-elle de ne pas être venue le week-end précédent ? Je n'arrivais pas à m'ôter de l'esprit ses paroles blessantes. *Ce ne sont pas tes affaires.*

Gabriel semblait, lui aussi, très à son aise, bien que le lien qui l'unissait à Clémence demeurât invisible. Tous deux préféraient ne pas y faire allusion en public.

À un moment, il s'est adressé à Granita pour lui raconter qu'il avait surpris, le matin même, l'un des vétérinaires de Laguiole à califourchon sur le taureau de la place du foirail, ivre mort.

Captivée, Annie a réclamé plus de détails. De quel médecin parlait-on ? Le petit verdouille, le gros couillon couperosé, ou le grand Noir ? À propos, savaient-ils qu'elle était présente au *Café Aubrac* le jour où Roméo Koumba avait fait son apparition sur le plateau ?

C'était il y a bien longtemps. Quand le jeune Camerounais avait passé la porte, le garçon de café en avait fait tomber son plateau. Pas démonté pour un sou, Koumba s'était avancé dans un silence de mort et avait posé ses grandes mains à plat sur le zinc. Du haut de son mètre quatre-vingt-dix, il s'était penché vers la mère Armelle, transformée en statue derrière son comptoir, incapable d'attraper le nerf de bœuf qu'elle gardait par en dessous. Roméo Koumba, s'était-il présenté. Docteur vétérinaire pour vous servir. Un petit noir, s'il vous plaît. Et tout le monde avait éclaté de rire.

Au début, les éleveurs n'avaient pas fait appel à Koumba, craignant qu'il ne fasse peur aux vaches. Jusqu'à ce qu'ils s'aperçoivent de son extraordinaire compétence et oublient qu'il était noir.

Voir Granita aussi démonstrative me déstabilisait. J'aurais aimé que Douce la tempère. Arrête de *canéler*, ne te vante pas, lançait-elle à sa sœur quand celle-ci en faisait trop.

Mais elle semblait vraiment en forme pour quelqu'un qui ne mangeait rien. On reconnaît un enfant en mauvaise santé à son abattement. Cela devait être la même chose pour les personnes âgées, ai-je pensé, à l'instant même où Nicole me murmurait à l'oreille qu'elle n'avait pas voulu m'inquiéter au téléphone mais qu'Annie s'affaiblissait de jour en jour malgré les boissons protéinées, au point de rester allongée la plupart du temps. Seule l'annonce de mon arrivée lui avait donné la force de quitter sa chambre.

J'ai jeté un œil à Granita. Elle nous fusillait du regard.

– Attention, Brune ! s'est-elle exclamée. Tu m'écrases les pieds avec tes grands panards !

Je me suis forcée à lui sourire. Ses yeux brillaient, de contentement ou de perversité, difficile à dire. J'avais toujours pensé que l'humour vachard dont elle faisait preuve lui servait d'exutoire mais n'était, au fond, rien d'autre que de la tendresse. Pour la première fois, j'en doutais.

En la raccompagnant dans sa chambre après le repas, j'ai remarqué que la pièce n'avait pas la même odeur que d'habitude : elle sentait le linge des Calmel. C'était peut-être ce qui me dérangeait tant. Je suis allée chercher le flacon de *Pour un Homme* et j'ai aspergé la chambre de parfum. Elle a poussé un cri.

– Tu es folle ! Qu'est-ce qui te prend ?

– Qu'est-ce qui te prend, toi ? ai-je rétorqué. Pas plus tard que la semaine dernière tu trouvais Nicole débile et Bernard prétentieux ! Quant à Gabriel, petit-fils de Maurice Boyer, je te rappelle, je croyais que tu ne voulais pas le rencontrer. C'est bien ce que tu as dit ?

– Ma parole, tu es jalouse…

Elle a pris un air songeur avant de continuer :

– Eh bien tu vois, je me suis trompée. Il est adorable ce garçon. Et bel homme, ce qui ne gâche rien. Dommage que vous soyez cousins, il aurait été parfait pour toi, Brune.

Exaspérée, j'ai levé les yeux au ciel en soupirant. Elle a attendu que je reprenne un visage normal et c'est là qu'elle a contracté les mâchoires et avancé le menton d'un air de défi :

– Quand je pense à la belle concession au cimetière de Levallois qu'on avait achetée pour ta mère… Tu iras toi.

Elle avait donc décidé que la terre volcanique de l'Aubrac l'avalerait, elle aussi.

J'ai bondi. Ce qu'elle disait était inacceptable, la comédie était terminée, nous rentrerions à Paris ce dimanche, d'ailleurs j'allais de ce pas l'aider à faire sa valise.

Elle s'est redressée, bras croisés.

– Non, moi je ne rentre pas. Je ne peux pas.

J'ai protesté, elle n'était pas si faible, si elle le désirait je pouvais appeler une ambulance…

– Tu n'as pas compris. Je ne peux pas abandonner Douce. J'ai promis.

Les larmes me sont instantanément montées aux yeux. J'étais donc celle qu'elle abandonnait. Au fond j'avais toujours su qu'entre moi et l'une d'elles, chacune de mes grands-mères choisirait sa sœur. Mais je pensais que ce favoritisme cesserait une fois l'une d'elles disparue. Je n'imaginais pas qu'on me préférerait une morte. Elles n'avaient pas mieux aimé ma mère que moi, je n'avais jamais eu le sentiment de remplir un vide ou de m'y substituer, je possédais ma propre identité, bien distincte de la sienne, mon caractère, plus difficile : j'avais toujours *roundiné*, rouspété. J'étais une *sanelle*, une fille « compliquée ».

Mes grands-mères m'adoraient mais avaient davantage besoin l'une de l'autre que de leur fille ou leur petite-fille. Le lien qui les unissait, cette fameuse promesse, survivait à leur mort. Je continuerais d'occuper la deuxième place, ainsi que ma mère avant moi.

J'étais trop triste pour aller me coucher. Si l'anxiété m'abattait, le chagrin me jetait dans un état fébrile, une tourmente qui me privait de toute quiétude, nouait mon ventre, accélérait mon cœur, agitait mes mains.

En descendant l'escalier, mon attention a été attirée par un dessin accroché au mur, une représentation grossière de la Bête du Gévaudan qui m'a rappelé le fil d'empreintes que laissaient les loups dans la neige, les traces des premiers que les seconds utilisaient. Était-ce la flemme ou la clairvoyance qui les poussait à agir ainsi ? L'instinct ? Avaient-ils le choix ? Qui le leur avait appris ?

J'avais longtemps cru qu'il fallait transmettre aux vivants et honorer les morts. Mais ces mots prenaient un nouveau sens. Refuser la transmission du fruit de leur travail, c'était refuser d'honorer mes parents. Ne pas vouloir d'enfants, c'était ne pas vouloir transmettre.

Rien ne me reliait à personne, en fin de compte. J'étais seule, complètement seule.

3

Le rez-de-chaussée était plongé dans le silence. On n'entendait que le bruit crépitant du bois qui brûlait dans l'âtre.

J'ai trouvé Clémence assise devant la cheminée. De dos, ses cheveux se fondaient dans les flammes. A jailli l'image de ceux de Dominique. Malgré tous ses efforts, à chaque fois elle finit betterave, pouffait Douce. La gérante du *Catulle* aurait certainement envié cet ondoiement de vagues opulentes, ces stries safran, cuivre et carmin, ce nuancier du feu. J'ai esquissé un sourire. Mes grands-mères m'avaient transmis une certaine manière de voir le monde, elles qui s'accordaient sur un point : se coiffer, c'est compliqué. Et sur un autre aussi : le rire désarme et désinfecte.

Il en avait toujours été ainsi, je ne parvenais pas à rester fâchée ou triste très longtemps. Je devais à mes grands-mères cette inconstance enfantine et leur en rendais grâce, même si l'attitude de Granita depuis la mort de Douce me confortait dans l'idée qu'elles auraient été, toute leur vie, d'authentiques emmerdeuses.

J'ai rejoint Clémence sur le banc et nous sommes restées l'une à côté de l'autre un long moment sans dire un mot.

– Moi aussi, j'adorais ma grand-mère, a-t-elle fini par me confier d'une voix compatissante. Madeleine parlait souvent de vous, toi et Rose. Elle vous aimait beaucoup.

Cette déclaration m'a étonnée, elle était identique à celle que Bernard, son père, avait prononcée lors de notre première rencontre.

– Ce que je vais te dire maintenant, Madeleine m'avait fait jurer de ne pas le répéter. Mais je suis à peu près certaine qu'Annie ne t'en a pas parlé et je pense que tu dois savoir. Un secret à moitié révélé, c'est un cancer à moitié soigné.

Mon cœur s'est emballé, le nœud dans mon ventre s'est reformé. Je ne voulais pas entendre de nouvelle révélation, je voulais que l'histoire de mes grands-mères reste exactement telle qu'on me l'avait racontée. Douce montée à Paris retrouver un amoureux, Annie venue en catastrophe secourir sa sœur dont le fiancé avait péri dans un accident de voiture, Lacalm trop froid, trop isolé, trop triste pour y retourner. Je voulais rester une petite fille.

Clémence nous a servi deux verres de vin blanc. La longue gorgée glacée m'a brûlé la langue. J'ai reconnu la saveur du sauvignon. Granita n'était jamais parvenue à se mettre dans la tête le prénom de la pharmacienne de la rue Catulle-Mendès, Cindy. Elle l'appelait « Quincy », comme le vin blanc.

– Il y a soixante ans, Douce a découvert qu'elle était enceinte de Maurice Boyer. C'était une histoire impossible.

J'ai hoché la tête en signe d'assentiment.

– Éliane avait menacé son mari de se suicider s'il la quittait. Elle disait qu'elle se trancherait les veines avec ses foutus couteaux.

Je n'ai pu m'empêcher de me demander si la femme de Max aurait recours à ce genre d'ultimatum dans le cas improbable où il lui annoncerait son intention de la quitter pour moi.

– Madeleine était déjà mariée et mère d'un petit garçon de six ans. À la place du banc sur lequel nous sommes assises, il y avait le lit conjugal en alcôve, une sorte de placard en bois. Là, a-t-elle ajouté en désignant la cuisine et le salon, c'était l'étable. Et au-dessus, la grange. Les vaches chauffaient la maison, le foin servait d'isolant.

Le souvenir de Câline a surgi dans mon esprit, et aussi ceux de l'immense prairie fleurie, de la pièce d'eau. Mais pas de Madeleine, ni d'alcôve ni de grange. Cependant j'ai de nouveau acquiescé, comme si je me le rappelais.

– Mes grands-parents se contentaient de peu, un jardin, un cochon, de la volaille, quinze vaches. Une drôle de vie. Je te ferai visiter ma ferme. En comparaison, c'est Las Vegas !

Elle a avalé d'un trait la moitié de son verre.

– Madeleine était très instruite, et très bavarde. Quand elle ne lisait pas, elle parlait. Elle agaçait terriblement mon grand-père, un homme du genre taiseux, victime d'une maladie osseuse qui le faisait beaucoup souffrir. Comme toutes les femmes de son époque et de son pays, ma grand-mère bossait comme une folle et tenait les cordons de la bourse. Elle n'était pas déclarée. Pas de statut, pas de reconnaissance, aucune possibilité de partir.

L'Aubrac a la particularité d'être un pays de femmes, de maîtresses femmes, proclamait Granita, oubliant de préciser qu'il s'agissait de travailleuses de l'ombre.

– Madeleine et Annie étaient inséparables.

Je ne voyais pas du tout où Clémence voulait en venir. Je me suis agitée sur le banc. Elle a senti mon impatience.

– Je te raconte cela parce que je veux que tu comprennes à quel point Madeleine était proche de ses cousines Rigal, combien elle s'en préoccupait.

Au vrai, ai-je alors pensé, Clémence cherchait, comme moi, tous les moyens possibles pour faire revivre sa grand-mère. Je m'apprêtais à dire quelque chose de gentil quand elle m'a fait taire d'un geste.

– Lorsque Annie lui a confié que Douce était enceinte de Maurice, Madeleine a tout de suite compris que Renée la ficherait à la porte. Ce qu'elle a d'ailleurs fait devant tout le village, le dimanche suivant, après la messe. Une répudiation publique, un bannissement, avec invocations au ciel et signes de croix. Alors le lundi matin, Madeleine a conduit jusqu'à Lacalm, jusqu'à la petite maison des Rigal. Elle s'inquiétait pour Douce. Devant la porte de la chambre, elle a failli faire demi-tour. Aucun bruit ne s'en échappait. Elle a toqué, sans obtenir de réponse. Pour en avoir le cœur net, elle a ouvert. Ta grand-mère se tenait debout, au centre de la pièce. Elle s'était tailladé le poignet gauche, du sang coulait sur le parquet, qu'elle regardait jaillir de sa blessure sans bouger. Il a fallu que Madeleine la porte pour la conduire à l'hôpital. Annie n'était pas à la maison, elle avait déjà pris son service à la boucherie. Sans Madeleine, Douce n'aurait pas survécu. Quand Annie a appris ce qui s'était passé, elle s'en est voulu à mort. Après ça, elle n'a plus quitté Douce d'une semelle jusqu'à leur départ pour Paris. Madeleine avait supplié son oncle de Graissac de les prendre dans son bistrot d'Asnières. Avant de quitter l'Aubrac, elles ont remis à leur cousine le coffret de couteaux, unique souvenir que Douce conservait de Maurice. En échange, Madeleine a donné à Annie sa bague de six rubis et à Douce sa gourmette de baptême pour cacher sa cicatrice.

Clémence s'est tue. Les secondes, puis les minutes se sont succédé pendant lesquelles je m'absorbais dans la contemplation du feu sans parvenir à m'en détacher. Une pensée étrange tournait dans mon esprit : Clémence se trompait, Annie avait conservé l'un des couteaux Boyer puisqu'il se trouvait désormais dans la tombe de Douce.

– Tu es sûre ? ai-je fini par demander d'une voix mal assurée en palpant à travers mon pull la croix d'Estaing à cinq rubis dont je comprenais maintenant qu'elle était la relique de l'histoire d'amitié d'Annie et de Madeleine, mais aussi le souvenir d'une dette, un talisman.

– Je vais te donner les couteaux. Tu en feras ce que tu voudras. Il y a autre chose…

J'ai secoué la tête avec véhémence. Je ne voulais pas en entendre davantage. Venait de m'assaillir l'image de ma grand-tante, si volontaire, si courageuse, si dure, impuissante devant la fragilité de sa sœur, incapable de la sauver. Rester ensemble, toujours.

Je comprenais maintenant pourquoi rien ni personne ne l'empêcherait plus de tenir sa promesse.

4

Gabriel a ouvert la portière de sa vieille camionnette et j'ai grimpé à l'intérieur. L'habitacle embaumait le thé d'Aubrac, une tisane dont les feuilles séchées exhalaient un goût âcre et mentholé proche de celui de la mélisse. Mon cousin en gardait un bouquet dans du papier journal à l'arrière de sa voiture, dont il offrait quelques brins au gré de ses trajets, de ses rencontres.

Je me suis souvenue que tous les mardis, jour de marché sur le boulevard de Reims, Douce partait s'acheter un bouquet de fleurs fraîches. Selon les saisons, la commode du couloir s'ornait de pivoines, d'hortensias, de tournesols ou de tulipes. Jamais de roses. Ses préférées étaient les lys, qu'elle trouvait chic mais dont l'odeur capiteuse importunait Annie. Invariablement, ils finissaient à la poubelle.

Ça sent la maison de retraite.

Tu n'as pas le goût des belles choses.

Si on t'écoutait, la tombe de nos parents serait fleurie toute l'année.

Tu as un aspic dans le porte-monnaie.

Falourdasse !

Baste que je meure…

Mais quelle enquiquineuse !

La route sinuait entre ciel et terre, plongeant entre les congères glacées, entre deux déserts de pierres.

Dans cette partie lozérienne de l'Aubrac, les prairies étaient semées de gigantesques roches qui semblaient avoir été jetées depuis la lune. Elles lévitaient au-dessus de la peau de neige, laquelle se lézardait par endroits pour laisser apparaître les cours d'eau noire, comme des saignées dans la terre. Un immense pelage de dalmatien.

Ce spectacle étonnant ne parvenait pas à effacer mes cauchemars. Toute la nuit, j'avais rêvé que la tache qu'avait formé le sang de Douce sur le parquet de la maison de Lacalm soixante ans auparavant se superposait à celle laissée par ma mère sur le tapis de l'appartement de la rue Catulle-Mendès.

Ce matin, Clémence m'avait suggéré une petite marche en compagnie de Gabriel. Aussitôt, il m'avait proposé de reprendre la route de Bonnecombe. C'était exactement ce dont j'avais besoin. Je ne pouvais pas être plus près de ma grand-mère qu'au cœur de la terre qu'elle avait traversée, qu'elle avait probablement chérie avant de la détester, aux côtés du petit-fils de l'homme qu'elle avait aimé.

Tout en imaginant Douce et Maurice marchant main dans la main sur le chemin que nous empruntions, j'ai écouté d'une oreille distraite mon cousin m'expliquer que le plateau était l'empreinte en cuvette d'une calotte glaciaire, qu'il y a dix-huit mille ans la glace avait fondu, laissant des blocs de granit au beau milieu des champs, on en trouvait même en suspension sur les crêtes des montagnes.

Bercée par les mots de Gabriel, je me sentais exactement comme ces cailloux : ballotée dans tous les sens.

Mon univers s'était dissous, me laissant au milieu de nulle part, en équilibre instable.

Quand nous sommes sortis de la voiture, une lumière intense m'a aveuglée. Implacable, le soleil inondait la terre givrée, emplissait les combes, se glissait le long des talus blanchis, embrasant replats, échines, mamelons et crêtes à perte de vue. Au-dessus de l'immense mer glacée, le ciel vibrait d'un bleu électrique, si intense qu'il piquait les yeux.

Nous avons cheminé jusqu'au pont des Nègres. J'ai froncé les sourcils en entendant prononcer ce nom jusqu'à ce que Gabriel m'explique qu'il le devait aux poissons du ruisseau des Plèches qu'il enjambait. Les truites fario y prenaient une couleur foncée qui en faisait des *negras*, noires en occitan.

La passerelle de granit ne me paraissait guère différente des autres.

– Tu ne regardes pas là où il faut. Penche-toi, le pont des Nègres n'est pas celui sur lequel tu te tiens.

À chaque magicien ses trucages. J'ai obéi et découvert que le ruisseau en contrebas franchissait un pavage de prismes hexagonaux semblables à des tuyaux d'orgue. La lumière du soleil ruisselait sur les pierres gelées, leur donnant l'aspect de diamants bruts.

– Ce phénomène est dû à la poussée verticale des volcans, puis à leur rabotage par le glacier. On l'appelle la chaussée des géants.

Un nom à la démesure de l'Aubrac. Ses volcans et ses glaciers disparus continuaient d'imprimer leurs marques sur son ciel et sa terre. Tout semblait plus grand sur le plateau. L'horizon plus large, le vent plus puissant, les émotions plus vives. L'herbe s'y changeait en mer, la pluie en lumière, les animaux en fétiches. À son contact, je commençais à retrouver un peu de sérénité.

Gabriel avait bien de la chance de vivre dans ce pays.

– C'est autant ton pays que le mien, tu le portes en toi. Il ne faut pas oublier d'où l'on vient.

Pour la première fois, je me suis demandé s'il n'avait pas raison, si l'Aubrac pouvait m'avoir été transmis. Je me suis souvenue du sentiment éprouvé près du lac de Saint-Andéol, quand j'avais cru reconnaître un endroit, une sensation. Mais j'ai vite balayé cette pensée. Un pays ne se transmettait pas par les gènes, mais par l'histoire, la culture. Outre un froid glacial, je n'avais rien ressenti de particulier quand j'étais descendue de ma voiture sur la place de l'église de Lacalm, le jour de l'enterrement de Douce. L'impression de déjà-vu éprouvée plus tard s'expliquait sans doute par le fait que j'avais passé toutes mes vacances de petite fille sur le plateau.

Il ne faut pas oublier dont l'on vient. Un avertissement que mes grands-mères s'étaient bien gardées de me donner. Je n'avais pas été élevée dans l'idée d'appartenance à un pays, d'un droit à la terre.

Gabriel a insisté, vivre dans un environnement spécifique produisait des épimutations, des marques sur certains gènes qui s'en trouvaient, ou non, activés, à la manière d'un système de lecture, d'un mode marche-arrêt. Alimentation, climat, altitude, polluants, langue, culture, croyances, éducation, modes de vie, sons, parfums, tout ce qui définissait un pays en somme, laissait une empreinte épigénétique dans nos cellules, que nous transmettions à nos enfants. Notre histoire personnelle laissait aussi sa marque.

Je suis restée dubitative même si ses paroles éveillaient mon intérêt. S'il disait vrai, les règles du vieux débat inné-acquis s'en trouvaient bouleversées, puisqu'on ne pouvait plus dissocier l'un de l'autre.

– Pense à ta peur des couteaux, à la liaison avec un homme marié dont tu m'as parlée. Ne vois-tu pas que tout ce que ta grand-mère a vécu ici est gravé en toi ? Tu n'es pas revenue par hasard, Brune.

Je me suis adossée à l'arbre le plus proche, un sorbier des oiseaux. À cette époque, il ne donnait que quelques fruits amers, comestibles mais peu savoureux, de petites baies rouges qui ressemblaient à des groseilles. Celles qui étaient tombées de l'arbre se détachaient sur la neige comme des gouttes de sang. J'ai effleuré l'écorce du sorbier, squameuse sous la pulpe de mes doigts.

– On a l'impression que les arbres sont morts mais c'est faux.

Gabriel a avancé de quelques pas avant de saisir une branche d'un arbre défeuillé. Il a pincé ce qui ressemblait à la pointe d'une asperge noire.

– C'est à son bourgeon sombre qu'on reconnaît un frêne. La présence d'un bosquet indique qu'un village est proche. Ça te servira la prochaine fois que tu te perdras dans le brouillard !

J'ai souri tristement. À vrai dire, j'y étais plongée depuis trois semaines. J'ai préféré changer de sujet.

– J'ai hâte de visiter la ferme de Clémence.

J'ai noté son air fier.

– Elle fait un travail formidable. Je l'admire autant que je l'aime.

Des paroles exprimées avec une telle évidence, un tel accent de sincérité que je l'ai moi-même aimé de les avoir prononcées.

– J'ai de la chance de vous avoir dans ma vie, toutes les deux, a-t-il ajouté.

C'était ce que Douce nous disait toujours, à Granita et moi : j'ai de la chance de vous avoir dans ma vie.

Je ne connaissais rien à l'épigénétique et ne croyais pas en la métempsychose mais peut-être qu'une partie de l'esprit de Douce, cette partie brute et gaie que j'aimais tant, se retrouvait chez Gabriel. Peut-être en avais-je hérité, moi aussi.

5

La ferme de Clémence est apparue, seul bâtiment visible au milieu d'un immense replat dominé par le piton volcanique de Marchastel. Autour de l'exploitation, les parcelles emmurées s'étalaient en cercles concentriques, de sorte qu'elle se situait à l'épicentre d'un mandala de pierres, avec pour horizon les montagnes enneigées parées d'un halo spectral.

Pour la rejoindre, nous avons traversé le Bès, dont les eaux acides se teintaient de brun au temps mauvais, puis pris un chemin de traverse et longé une haie d'épicéas sombres que le vent semblait avoir sculptés. Les pins prenaient l'allure de cyprès et la prairie brûlée, la couleur du cognac.

Le long de l'étroit chemin qui menait à la ferme, l'herbe manquait par endroits. De larges mottes semblaient avoir été arrachées du coteau. On aurait dit qu'un Drac avait laissé la trace de ses pas. Clémence m'a expliqué qu'il s'agissait d'un phénomène géologique courant, l'érosion du relief dans une combe à neige. J'ai convoqué l'image de Douce, qui, pour m'endormir, aurait inventé l'histoire d'une diablesse géante lanceuse de météorites.

J'ai refoulé mes larmes et je me suis concentrée sur les paroles de Clémence qui s'employait depuis mon réveil à me changer les idées, me serrant parfois le bras dans un élan de pitié.

Un silence tranquille nous enveloppait. À l'instar de mon père, Clémence avait rentré son troupeau aux premières chutes de neige.

L'exploitation s'organisait autour de deux bâtiments. L'un neuf, immense, bardé de bois brut, l'autre composé des ruines d'une petite ferme en cours de réhabilitation.

– La maison des vaches a été prête avant la mienne ! s'est exclamée Clémence, d'un ton trop gai pour être naturel. Parfois, j'hésite à les rejoindre sur la paille.

En pénétrant dans l'étable, un souffle chaud m'a traversée, chargé de l'odeur musquée du fumier, mais aussi d'un léger parfum d'orange amère. Grande, aérée, éclairée par la lumière naturelle, la construction m'a semblé très différente de celle de Serge. Une cathédrale de bois. Nous nous trouvions dans l'une de ces nouvelles étables à stabulation libre. Les vaches n'étaient plus attachées mais regroupées par allotement, en liberté dans des aires paillées. On ne les entravait qu'au moment de les nourrir. Ce mode d'élevage devenait la norme en France. Seuls les paysans des montagnes conservaient une dérogation leur permettant de perpétuer l'attache à la chaîne.

J'entendrais tout et son contraire au sujet de la stabulation :

La paille c'est trop cher, on n'en a pas sur le plateau, et pis on a toujours fait comme ça…

Une vache attachée, ça fait pas de la bonne viande.

On n'est pas là pour cajoler les vaches.

Pour la stabulation, il faut un tiers de plus de place par animal, ça coûte la peau du cul.

C'est dangereux pour l'éleveur. Il faudrait décorner les bêtes. Mais si le loup se pointe, elles pourront pas se défendre.

Faut y passer la journée, sinon les vaches elles deviennent sauvages. Celles de Franck, il peut même plus les approcher.

C'est pas vrai, c'est pas parce qu'une vache a été attachée tout l'hiver qu'elle est bravasse. En stabu, la bête est libre, si elle veut t'échapper elle t'échappe, si elle a confiance, quand tu l'appelles elle vient. Le Rémi, je peux te garantir que ses vaches, elles lui obéissent au doigt et à l'œil! Alors que celles du Frédo, elles ont beau être attachées...

Rien de tel qu'un débat sur la stabulation pour convertir un paysan taiseux en commère survoltée.

Le temps de venir me chercher, Clémence avait laissé ses vaches au cornadis. Si elle ne les attachait pas au moment de la distribution du foin, les plus fortes mangeaient la ration des plus faibles, s'est-elle amusée en désignant Altesso, la rouge, que les autres traitaient avec déférence, et Menado, la blanche, martyre de la bande.

La plupart de ses trente-deux mères avaient la couleur de la chicorée au lait que je buvais, enfant, mais cinq d'entre elles appartenaient à une autre race. Les vaches de l'ancien propriétaire, une salers et une charolaise, une limousine, deux abondantes. La jeune éleveuse s'était habituée aux bêtes du vieux paysan. Celle-là n'est pas très gentille, a-t-elle ri en pointant du doigt la limousine, prénommée Bringo, qui signifiait « rosse » en patois occitan. Mais elle se calme en vieillissant.

J'aurais aimé pouvoir dire la même chose de Granita. Les remontrances adressées à Nicole au sujet du gigot du déjeuner, qu'elle avait jugé trop cuit sans même l'avoir goûté, retentissaient encore à mes oreilles.

D'après Clémence, l'origine des vaches influençait leur caractère, lequel était héréditaire. Un avis partagé par l'ensemble des éleveurs, qui n'hésitaient jamais à se séparer d'une vache méchante de peur que ses filles ne le soient également.

J'étais persuadée du contraire. Mais j'étais si heureuse de la présence apaisante de Clémence, si reconnaissante de l'amitié qu'elle semblait vouloir m'offrir que je n'aurais rien dit qui puisse la contrarier. Je gardais pour moi mes opinions. Humain ou animal, le caractère s'acquérait par mimétisme, par expérience, et ne se transmettait pas. Mes grands-mères m'avaient assez répété que ma mère était bien plus docile que moi. *Piote*, mais si gentille.

J'avais entendu Bernard comparer l'étable de sa fille à un spa pour bovins. Chaque matin, elle leur faisait écouter de la musique, leur massait le chignon et la croupe, vaporisait l'air d'huiles essentielles relaxantes. Je comprenais à présent d'où venait ce parfum d'orange amère.

Clémence laissait le cycle de la vache au naturel, au contraire de la plupart des aubracs programmées pour vêler en janvier et février. Ici, aucun animal n'était vacciné, ni décorné, ni piqué aux antibiotiques à moins que cela ne soit indispensable. Elle utilisait des plantes pour les guérir, accrochant çà et là des bouquets d'hellébore séché pour soulager les veaux des démangeaisons.

Certains éleveurs utilisaient les mêmes procédés que Clémence dans le seul but de faire de la publicité et vendre leur viande beaucoup plus cher. Le fameux flair des Aubracois.

J'ai songé aux vaches de mon père, croisées, apeurées et farcies d'antibiotiques. Où était donc passé son sens des affaires ?

Clémence n'ignorait pas, bien sûr, à quoi ses vaches étaient destinées. Élever des animaux pour les tuer paraissait étrange, elle le reconnaissait, mais on avait bien besoin de manger, alors le moins qu'on pouvait faire c'était leur donner de la place pour se mouvoir, une alimentation saine, une bonne santé et plus que tout, une mort indolore. Elle croyait à la réciprocité, à la théorie du don et du contre-don : donner, recevoir et rendre.

Avait-elle eu des difficultés à se faire accepter en tant que femme ? ai-je demandé. Un ricanement lui a échappé. Les gens du coin avaient parié qu'elle n'y arriverait pas. Personne ne l'avait aidée. Beaucoup de paysans continuaient de parler de son exploitation comme de celle de Bernard Calmel.

À cet instant, l'inquiétude s'est dessinée sur son visage. Elle devait me l'avouer, sa ferme n'était pas bénéficiaire, pas encore. Faute de moyens nécessaires à l'acquisition d'un taureau, elle se voyait contrainte d'utiliser l'insémination artificielle. Ses parents l'aidaient, elle se contentait de peu. Elle n'avait pas choisi ce métier pour l'argent, à l'inverse des géants de l'agroalimentaire qui garnissaient les rayons des supermarchés de steaks à trois euros, alors même qu'il était impossible de produire de la bonne viande à ce prix.

Les industriels ne marchaient qu'à la réglementation, à l'amende. Rien ne les dissuadait de vendre du poison labellisé « Origine France ». L'étiquette ne spécifiait pas quel type d'alimentation la bête avait reçue, or l'introduction d'aliments contre-nature comme le maïs ou le soja dans le régime d'élevage avait pour conséquence d'altérer la qualité sanitaire de la viande : les animaux fabriquaient de mauvaises graisses et secrétaient des bactéries pathogènes pour l'homme.

La plupart du temps, le veau de boucherie était livré nourrisson par un industriel hollandais à un éleveur français, avec réserve de poudre de lait écrémé, maïs OGM et antibiotiques. Cinq mois plus tard, le Néerlandais revenait chercher le veau pour l'abattre lui-même, sur le sol français. Une sorte de paysannerie clés en main. Des usines à veaux.

Clémence a levé les cornadis. Les vaches se sont ébrouées. Certaines ont beuglé pour appeler leurs petits, d'autres ont filé dans un coin, de la paille jusqu'au canon.

Tous les deux mois, elle curait le fumier et l'entassait au-dehors. Au bon moment, elle l'épandait sur ses parcelles. Tout le circuit restait naturel.

Les vieux paysans de l'Aubrac critiquaient le bio parce qu'ils avaient déjà l'impression d'en faire, a-t-elle regretté. Ceux qui avouaient avoir recours à l'engrais chimique n'avaient pas le sentiment que le peu qu'ils utilisaient abîmait leur terre. C'était vrai en partie, le plateau restait épargné. Mais pas totalement.

Clémence était persuadée que la clé de notre survie à tous était le sol, puits de carbone et éponge à eau.

J'ai réfléchi à mes propres convictions. J'étais loin d'être une acharnée du bio, ainsi que Granita qualifiait mon amie Sarah. Le bio ça n'existe pas, ma fille, les petites abeilles, ça se promène. Mon unique engagement écologique consistait à trier mes poubelles et à prendre des douches. Certes, j'achetais mes fruits et légumes chez Naturalia mais c'était dans le seul but d'éviter d'absorber du glyphosate. J'avais toujours été plus préoccupée par la santé des hommes que par celle de la planète. Le travail que j'avais récemment entrepris pour convertir la cantine de la crèche au bio s'inscrivait dans la continuité de mon souci pour la santé des enfants. La crèche était ma petite cuisine.

Les vaches de Clémence se roulaient dans le fumier. Deux d'entre elles se sont battues, quelques coups de corne rapides. Je n'avais jamais vu un troupeau interagir de la sorte auparavant. J'étais fascinée. Dans l'étable entravée de mon père, les animaux ne pouvaient bouger.

– Le train-train, a commenté l'éleveuse. Celle-ci a peur de moi mais est terrible avec les autres. Elle, là-bas, c'est une vraie timide. Elles ne sont pas solidaires, sauf en cas de danger extérieur. Un jour, à l'estive, une laie s'est approchée de trop près. Elles ont formé un grand cercle, cornes en avant, veaux au milieu, et l'ont déchiquetée. L'instinct maternel rend n'importe quelle vache dangereuse.

Cette théorie s'appliquait aussi aux femmes. Je l'avais vérifiée à de nombreuses reprises à la crèche. La plus inoffensive des mères se changeait en furie dès qu'elle sentait son enfant en difficulté.

J'ai avisé l'une des aubracs, dont la corne droite était cassée. Que lui était-il arrivé ?

– Ah, Clarisso. Il y a trois ans, je ne l'ai pas emmenée en transhumance avec les autres parce qu'elle venait de vêler. Elle était si malheureuse qu'elle s'est cassé une corne en voulant s'échapper du cornadis. L'année suivante, quand j'ai rassemblé le troupeau, elle avait disparu. Je l'ai retrouvée là-haut, à l'estive. Elle était montée vêler en solitaire pour ne pas rater le voyage…

J'ai repensé aux paroles de Granita : j'ai rencontré des vaches plus malignes que ta grand-mère. Sur le moment, je m'étais dit qu'elle exagérait. Désormais, je comprenais que cette pique, comme toutes les autres, marquait la peur qui animait ma grand-tante. Peur de perdre sa petite sœur, peur de ne pas réussir à la protéger, une peur panique qui me semblait comparable à celle qu'il m'arrivait d'éprouver à l'encontre d'un enfant maladroit qu'au lieu de consoler je commençais par disputer.

Dès lors, je renonçais à lui demander des comptes. Elle ne saurait jamais que je connaissais la véritable histoire de Douce.

L'été, Clémence conduisait son troupeau jusqu'aux pâturages qu'elle louait à d'autres paysans. Elle aurait aimé l'augmenter, le doubler peut-être, mais la loi imposait un nombre minimum d'hectares par tête, or elle ne pouvait agrandir ses parcelles. Elle n'avait pas la chance de posséder une terre d'estive, m'a-t-elle lancé en sondant mes yeux noirs.

L'image de la montagne de Renée Rigal a jailli dans mon esprit. Elle n'était donc plus louée aux Calmel ? Mes grands-mères l'avaient probablement cédée il y a bien longtemps, comme elles avaient vendu la maison de leurs parents.

J'ai cru lire sur le visage de Clémence une succession de sentiments, on aurait dit qu'elle hésitait à me dire quelque chose avant d'y renoncer, mais cela n'a duré qu'une poignée de secondes et je l'ai peut-être imaginé.

6

Une semaine est passée, puis une autre. Granita demeurait chez les Calmel, moi à Paris, chaque jour je lui téléphonais, chaque jour elle me rassurait : quand on est vieux on n'a plus faim, je vais très bien.

Tout ce temps-là, j'ai occulté l'affaiblissement progressif d'Annie, j'ai préféré la croire, elle et pas Nicole, j'ai fait ce choix puéril. Sur le moment je m'en voulais, la culpabilité m'envahissait, mais je ne pouvais m'en empêcher. Aujourd'hui, je ne le regrette pas.

Le lendemain de mon retour sur l'Aubrac, je me suis réveillée à l'aube. L'air bruissait d'oiseaux. J'ai observé le jour finir de se lever, la membrane noire du ciel se glacer d'un lavis pourpre et se fissurer petit à petit, les nuages se former en petites poches sphériques, en lampions violacés, jusqu'à revêtir l'aspect d'un plafond de ballons. On appelait ces nuages flottants les *mammas*.

Quand je me suis garée près du *Café Aubrac*, le ciel s'était éclairci mais les *mammas* y nageaient encore. Leurs contours étaient moins précis.

L'établissement sentait le pain chaud, le café moulu et la terre mouillée. À cette heure, en ce mois de décembre, il n'y avait pas de touristes. Seulement les gens du coin. Beaucoup d'éleveurs, si on en jugeait par le grand nombre de combinaisons à fermetures Éclair.

J'ai profité de ce qu'Armand était en train d'officier à l'arrière-comptoir pour m'asseoir à une table en retrait, et j'ai écouté la conversation que menaient deux hommes adossés au bar. Un mélange de potins et de commentaires sur la vie locale. Dans le journal était parue la photo d'un bébé de dix mois qui pesait vingt kilos, presque le poids d'un veau ; la génisse de Fred avait vêlé la nuit passée ; le bistrot parisien du fils se portait très bien, l'autre fils rêvait d'avoir son propre établissement ; on n'en pouvait plus de ces paysans de Paris qui faisaient monter les prix ; le déjeuner de la veille chez Bras était magnifique.

J'ai commandé un café à l'une des serveuses d'Armand au moment où celui-ci s'emparait de la télécommande pour monter le son de la télévision. Tous ont porté leur regard sur l'immense écran branché sur BFM TV et écouté en silence les derniers développements de l'affaire du lait infecté à l'Escherichia coli, dont la souche avait été retrouvée au sein d'un troupeau de vaches allaitantes. Pour faire bonne mesure, le journaliste a enchaîné sur l'annonce d'un plan éco-méthane dans une région d'élevage bovin. Une alimentation enrichie en lin et luzerne contribuerait à une réduction des émissions de méthane, expliquait-il. Chaque tonne de CO_2 ainsi économisée ouvrait droit à une aide financière.

– C'est quand même pas un pet de vache qui va faire un trou dans la couche d'ozone ! s'est exclamé un éleveur.

Des rires se sont élevés.

– De toute façon, ça nous concerne pas. Nos prairies compensent grâce au stockage de carbone, notre sol n'est pas travaillé. On pollue moins.

– C'est quoi qu'ils disent qu'il faut mettre dans l'alimentation ? Elle est de combien la prime ?

Armand s'est assis en face de moi. Il avait passé un gilet noir sur sa chemise blanche, un torchon par-dessus son épaule.

– Bonjour, l'ai-je accueilli en prenant un air faussement décontracté. Ça va ?

– Mieux serait indécent. Alors, tu es revenue. Tu loges encore chez les Calmel ? Ils ont réussi à faire casquer ta tante ?

J'ai levé les yeux au ciel.

– Parle-moi du voisin qui veut racheter la ferme de mon père.

– Pierrot Fabre, a-t-il immédiatement répliqué en baissant la voix. Une vraie saloperie. Les vieux éleveurs, c'est une race à part, tu sais. Prêts à tuer père et mère pour vingt mètres carrés de pelouse. À bénir le bon Dieu le matin et embrasser le cul du diable le soir. Cette terre qu'ils se disputent, certains ne la respectent pas. Pierrot, c'est un des pires. Il dit qu'il ne met pas d'engrais mais parfois, quand il pleut, ça mousse. Et au printemps, ses champs sont blancs. Bizarre, non ? En février, ni vu ni connu, il brûle sa terre, soi-disant la fumée ne pollue pas. Il a tant de lisier à évacuer qu'il pratique l'épandage en hiver, sur du sol gelé, du coup ça coule directement dans la rivière…

Tout en parlant, Armand moulinait des mains, si bien qu'il finissait par me donner le tournis.

– Il n'y a pas que la terre qu'il maltraite. L'été passé, il a donné à ses veaux des résidus de gaufrettes industrielles parce qu'il en avait récupéré tout un stock. Ça coûte rien et ça profite ! Ses vaches, faut voir comment elles sont en ce moment, toutes maigres parce qu'elles n'ont plus rien à bouffer dehors et qu'il ne veut pas les rentrer pour ne pas attaquer ses réserves de foin de l'hiver !

– C'est honteux, ai-je convenu.

Et je le pensais. Depuis mon arrivée sur le plateau, je ne pouvais m'empêcher de comparer hommes et bovins. Il n'y avait finalement pas grande différence entre les deux, du moins pas à l'avantage des premiers. Ce que l'éthique, la morale nous dissuadait de faire aux hommes, pourquoi admettions-nous de le pratiquer sans aucun état d'âme sur les bêtes ?

Armand m'a considérée avec un air de commisération. Qu'est-ce que je croyais ? Que l'air était plus pur sur l'Aubrac qu'ailleurs ? Les gens plus respectables ? Depuis que les éleveurs recevaient les aides de l'Europe, qu'ils s'étaient modernisés, qu'ils possédaient de grandes fermes et de gros troupeaux, ils ne construisaient plus de poulaillers, ne gardaient plus de lapins. Ils étaient devenus égoïstes, jaloux les uns des autres. Ils ne se rendaient plus chez les petits commerçants, jugés trop onéreux, pas même chez le boucher, et achetaient leur lait en brique au supermarché ! Alors qu'il était devenu moins difficile d'être éleveur sur le plateau que cafetier. Le monde paysan aubracois n'était pas du tout sinistré. Avais-je remarqué qu'on ne trouvait pas une seule ferme à l'abandon sur le plateau ? N'importe quel branleur pouvait devenir agriculteur à partir du moment où il disposait des surfaces et des bâtiments, vu que les vaches aubracs vêlaient toutes seules ! Les tracteurs et les caméras facilitaient le travail à la ferme. Ils avaient d'ailleurs été les premiers éleveurs français à installer des caméras pour surveiller les vêlages, la nuit, du bout de leur lit. Quand une bête tombait malade, ils recevaient une prime. À lui, Armand, on ne donnait rien du tout lorsqu'il pleuvait tout l'été et qu'il ne pouvait pas ouvrir sa terrasse !

– Et mon père ? l'ai-je interrompu.

– Ton père, a-t-il soufflé en s'affaissant d'un cran sur sa chaise, il ne va pas au supermarché. Mais il a beau être né sur le plateau, il restera toujours un Parisien. À part toi, personne ne l'aidera. Surtout pas Pierrot. Va rencontrer le phénomène, tiens, tu verras par toi-même. Tu reconnaîtras sa ferme au tracteur bleu qui est garé devant. Vas-y !

J'ai entendu la voix du journaliste de BFM TV annonçant la mort de quatre-vingts migrants dont le bateau avait coulé au large de l'Italie.

– Ça fera ça de moins chez nous ! a fait l'un des deux éleveurs accoudés au bar, celui qui avait déjeuné la veille chez Bras, dont le premier menu s'élevait à cent quarante-cinq euros.

– Une dernière chose, m'a lancé Armand alors que je me levais pour partir, c'est le Pierrot qui a vendu Charmant, le taureau contaminé, à ton père. Même avec une prise de sang, on ne peut pas distinguer une bête vaccinée d'une bête malade. Pierrot a juré qu'il ne savait pas. Serge l'a cru. Il est trop naïf, ton père… Hier, il m'a confié qu'il pensait accepter sa proposition de rachat. Étable et terre d'estive. J'en suis malade. Je me serais tué, moi, pour une montagne pareille !

Une idée a tenté de se frayer un chemin dans mon esprit, que je n'ai pas réussi à saisir.

7

Plusieurs jours se sont écoulés, quinze exactement, avant que je n'obéisse à l'injonction d'Armand, quinze jours au cours desquels j'ai ruminé ses propos.

À mon entrée dans l'étable de Pierre Fabre, qui ressemblait à s'y méprendre à celle de mon père, sauf qu'elle était pleine de bêtes, celles-ci se sont toutes dressées dans un bruit de ferraille. Toutes les jas étaient occupées, et les parcs de vêlage aussi, un fait étonnant, puisque d'après ce que j'avais compris, les veaux de l'année n'auraient pas dû être encore nés.

La plupart des vaches étaient de couleur crème. Mais j'ai repéré quelques aubracs. Les anneaux de leurs cornes montraient qu'elles étaient âgées. J'en ai déduit que Pierrot était passé aux charolaises pour les mêmes raisons que d'autres avaient fait venir des limousines sur le plateau : gagner sur la bête.

Après quelques pas, j'ai crié : il y a quelqu'un ?

Une silhouette bleue a surgi du fond de l'étable.

L'homme qui marchait vers moi avait passé les quatre-vingts ans. Grand et anguleux comme s'il avait avalé une échelle. Le visage ascétique, la peau aussi fine que du papier cigarette, l'œil clair et pétillant. Le geste rapide mais précis. Si j'avais eu à deviner son métier, je l'aurais fait pharmacien.

– Toi, je te reconnais ! Tu ressembles à ton père. Ah, ça fait plaisir ! Tu es venue rencontrer le vieux voisin ?

J'ai hoché la tête sans rien dire. Pierrot a fait comme s'il ne remarquait pas mon regard sombre. Il s'est emparé d'un racloir et a commencé de nettoyer les jas les plus proches d'un geste énergique.

– Où habites-tu, déjà ? Vers la porte Champerret, non ? Et tu travailles avec des enfants ?

Déroutée, j'ai de nouveau marqué mon assentiment.

– Je connais un peu Paris. J'y ai été pour les concours du Salon de l'agriculture. Mais mes vaches n'ont pas apprécié l'eau de là-bas. La dernière fois, elles ne buvaient plus du tout. Remarque, je les comprends, moi non plus je n'aime pas l'eau de Javel. J'ai été obligé de leur acheter de la Volvic.

Je n'ai pas pu me retenir d'ébaucher un sourire. Ça a dû lui plaire parce qu'il a continué sur le même ton.

– Celle-là, la numéro trois, a-t-il dit en désignant l'une des aubracs avec une grimace de satisfaction, c'est ma vedette. Elle a gagné plusieurs prix. Elle a toujours aimé se faire shampouiner, se montrer. Quand on la prend en photo, elle redresse la tête.

J'ai pensé à Douce : elle aussi aimait se montrer. Quand on la prenait en photo, elle aussi avait l'œil qui frisait. Ta grand-mère, c'est la Metro Goldwyn Mayer, se moquait Granita.

Je me suis ressaisie et j'ai sifflé d'une voix méprisante que je ne voyais pas bien comment il était possible de s'occuper, seul, à son âge, d'autant d'animaux.

C'est qu'il ne prenait pas de vacances, a-t-il riposté. Attention, il avait eu une belle vie, fallait pas pleurer. Ses soixante-dix mères, il les connaissait par cœur, même s'il ne leur donnait pas de noms mais des numéros. Il connaissait leurs filles, leurs petites-filles. Il avait choisi leur père.

Le vieux célibataire possédait non pas un mais trois taureaux, trois charolais tout en muscles qui ressemblaient à des statues de marbre, pour éviter les problèmes de consanguinité. Parce qu'eux, ça ne les dérange, pas, hein, de monter leurs filles, a-t-il ricané.

J'ai réprimé un frisson et je l'ai questionné sur la commercialisation de ses veaux. Je connaissais la réponse mais je voulais l'entendre de sa bouche : il ne vendait pas ses produits qu'aux Italiens, mais aussi aux Turcs, aux Tunisiens, aux Israéliens. Et il en faisait naître toute l'année, pas seulement en janvier, ce qui expliquait la présence de jeunes bêtes dans l'étable.

Il y a à peine une demi-heure, l'une d'elles avait vêlé. Que je voie donc, elle était en train de mastiquer sa délivre. En regardant dans la direction qu'il m'indiquait, un violent haut le cœur m'a assaillie. Depuis quelque temps, je souffrais de nausées à répétition et j'avais régulièrement des crampes abdominales.

– Je suis venue vous prévenir, ai-je réussi à balbutier. Mon père ne vous vendra pas sa ferme. Ni à vous ni à quelqu'un d'autre.

Il a cessé de nettoyer le sol et m'a regardée fixement.

– Moi, c'est pour aider que je propose… Il a fait de mauvais choix, ton père. De trop gros investissements. Quand j'ai démarré, je n'avais pas un sou. Aujourd'hui j'ai remboursé toutes mes annuités. Mais j'ai encore ma vieille Fiat. Ton père et les autres, s'ils avaient mis de l'argent de côté plutôt que de s'acheter des 4x4 avec le pare-buffles… Et des tracteurs à soixante-quinze mille euros, si modernes que ça tombe en panne toutes les cinq minutes ! L'argent leur brûle les doigts. Alors qu'on ne peut pas dire qu'ils ne sont pas aidés.

– J'ai parlé à Armand, du *Café Aubrac*. Il m'a répété des choses édifiantes sur votre façon de travailler. Les gaufrettes, et l'herbe que vous faites fermenter sous la bâche, là, dehors, et que vous donnez à vos vaches pour qu'elles grossissent plus vite… L'ensilage qui leur bousille le foie…

Il a ricané.

– Armand n'y connaît rien. Lui et moi, c'est une vieille histoire. Quand il avait quinze ans, je l'ai pris en stage pour lui apprendre la profession. Je ne l'ai pas gardé dix jours. Je n'avais jamais vu quelqu'un d'aussi peu dégourdi avec les bêtes. Chacun son métier et les vaches seront bien gardées ! Depuis, il m'en veut à mort. Il m'a même accusé d'avoir vendu un taureau infecté à ton père. Heureusement que Serge ne l'a pas cru. J'étais si fâché qu'en août dernier j'ai balancé du lisier autour de son bistrot pour faire fuir ses clients. Ça a marché !

J'ai observé le vieil éleveur. Mes sentiments à son égard se superposaient. Dégoût, colère, admiration. Je comprenais que l'horizon de cet homme-là s'arrêtait à sa ferme, à ses bêtes qu'il ne lâcherait jamais, parce qu'après il n'y avait rien, plus rien que le cimetière.

Je me suis approchée jusqu'à le faire reculer d'un pas.

– Il paraît que vous êtes prêt à tout pour récupérer la ferme de mon père. Je veux que vous sachiez que moi, je suis prête à tout pour vous en empêcher.

Il n'a pas bronché.

8

De retour chez les Calmel, j'ai grimpé les escaliers et toqué à la porte d'Annie. Pas de réponse, je suis entrée. De la salle de bains attenante parvenait un bruit d'eau. Je me suis assise sur le lit et je l'ai appelée.

C'est Nicole qui m'a répondu :

– Brune ? Tu peux venir m'aider ?

Soutenue à grand-peine depuis l'extérieur de la cabine de douche par la femme de Bernard, Granita tentait d'attraper le savon. J'ai eu un coup au cœur en apercevant son petit corps décharné. Un assemblage d'os pointus, une succession de crêts et de creux.

– Je m'en occupe ! ai-je crié.

Ignorant les protestations de ma grand-tante, j'ai ôté chaussures et vêtements pour pénétrer dans la douche. J'ai saisi d'autorité son avant-bras et commencé à savonner son dos. Entre ses omoplates, une bosse avait poussé, là où auparavant se trouvait un léger creux. J'ai essayé d'être délicate mais ce n'était pas ma spécialité. Je m'attendais à une réprimande, attention, Brune, tu es *braque*, mais Granita n'a pas dit un mot.

Il est difficile d'exprimer ce qu'on peut ressentir à toucher un corps autrefois familier auquel les années ont enlevé la chair contre laquelle on avait l'habitude de se blottir pour se rassurer. Certes, Annie avait toujours été maigre, mais sa pratique régulière de la gymnastique lui assurait un dos musclé, des bras costauds, des cuisses nerveuses. Chaque matin, depuis soixante ans, elle s'astreignait à quelques mouvements d'aérobic, sous l'œil goguenard de Douce. Petite, j'adorais l'imiter. À présent, j'avais l'impression de tenir contre moi un moule de sculpture, un pantin désarticulé.

Je l'ai fait doucement pivoter. J'ai été horrifiée de voir qu'elle pleurait.

J'ai fait comme si je n'avais rien remarqué, j'ai attrapé le pommeau de douche et lui ai envoyé un grand jet d'eau tiède sur le visage. Ses cheveux mouillés formaient sur son crâne une pellicule jaunâtre. J'ai vidé la moitié de la bouteille de shampoing sur sa tête et j'ai commencé à parler sans m'arrêter.

J'ai raconté Paris, le dernier week-end de formation des puéricultrices qui portait sur les contes, l'idée que j'avais eue d'aménager un espace où les parents accrocheraient des photos de famille afin que les enfants puissent les regarder quand ils le souhaitaient pour une meilleure continuité entre la maison et la crèche, Margot à qui son nouvel amoureux avait offert une bague en toc qu'elle avait prise pour une bague de fiançailles, Sarah qu'un de ses patients harcelait sexuellement, auquel son mari s'apprêtait à casser la figure, je lui ai confié que j'étais, un temps, tombée amoureuse d'un homme marié mais qu'elle n'avait pas à s'en faire, je ne l'avais pas vu depuis des semaines, je ne répondais plus à ses messages.

Quand j'ai eu terminé, Granita était propre, séchée, habillée, maquillée, le crâne hérissé de bigoudis.

– Tu sais, m'a-t-elle alors glissé d'une voix faible, c'est une bonne chose que la maison de mes parents ait brûlé. Elle était minable. Tu n'en aurais pas voulu.

J'ai hoché la tête avec conviction.

Puisque nous en étions aux confidences, j'ai osé poser une question, une seule.

– Douce te manque beaucoup ?

– Ça va très bien, a-t-elle sèchement répliqué, de nouveau froide comme une lamproie.

En bas, la soupe au fromage était prête. Je me suis approchée de la cocotte qui mijotait à feu doux et j'ai soulevé le couvercle. J'avais reconnu l'odeur de l'osso buco de Douce. Comme ma grand-mère, Nicole cuisinait le jarret de veau avec des tomates fraîches, des échalotes, du céleri, des zestes d'orange et de citron.

Elle m'en a machinalement servi une assiette tout en me priant de m'asseoir : elle devait me parler sérieusement. Le timbre clair de sa voix contrastait avec son air épuisé.

Les fêtes de Noël approchant, elle aurait bientôt trop de travail à la boucherie. Bernard était très pris par ses nouvelles fonctions d'adjoint au maire et Clémence débordée à la ferme. Granita ne pouvait pas rester chez eux plus longtemps. Le médecin était revenu et il était du même avis, sa place était dans une maison de retraite médicalisée, puisqu'elle ne voulait pas quitter l'Aubrac et que j'avais mon travail à Paris.

– Je suis désolée, Brune, on ne veut pas te mettre devant le fait accompli. Mais Annie refuse de t'en parler.

Bernard avait fait jouer ses relations, ce qui n'avait pas été facile. La pyramide des âges était inversée sur le plateau, les maisons de retraite saturées, mais ils avaient réussi à faire libérer une chambre dans celle de Nasbinals, la Résidence du Gaillet, un établissement conventionné à deux pas d'ici. Le personnel soignant était charmant. La vue magnifique.

– J'irai lui rendre visite, tu sais. Je me suis attachée à la vieille bête !

Au lieu de répondre, j'ai saisi un couteau sans éprouver le moindre frisson et j'ai découpé la chair luisante dans mon assiette. Sans réfléchir, j'en ai porté un petit bout à ma bouche. Un arôme d'agrumes et d'échalotes a éclaté dans mon palais. La viande a fondu sur ma langue, tendre et fibreuse à la fois. Je n'en revenais pas : c'était délicieux. J'ai mangé un morceau, puis un autre, un troisième. J'avais beau appeler l'image du petit veau blanc dans l'étable de mon père, celle de Câline, la génisse euthanasiée, rien ne pouvait m'arrêter.

Même si toute la viande du monde ne me donnerait jamais la force dont j'avais besoin à cet instant.

IV

Entremets

1

Depuis peu, l'Aubrac se trouvait à moins de deux heures trente de Paris, grâce à l'ouverture d'une ligne aérienne Paris-Rodez.

Quand j'ai surgi hors de la carlingue, un souffle gelé s'est engouffré dans ma parka. J'ai eu une pensée pour ce couple de touristes allemands en shorts et sandales qui s'étaient trompés de destination, pensant atterrir à Rhodes. L'anecdote m'avait été racontée par mon voisin de cabine témoin de la scène, un gérant de bistrot parisien.

Au comptoir Europcar, j'ai réclamé des pneus contact mais la responsable m'a objecté sèchement, c'est pas la peine, il a pas neigé.

À la sortie d'Espalion, une fois la rivière franchie, la route s'est élevée vers le ciel et ma voiture a percuté une masse blanche duveteuse. J'avais percé le plafond de nuages qui séparait la vallée des hautes terres de l'Aubrac. La route a continué de monter, le paysage s'est fait forestier, un dais d'aiguilles d'épicéas occultant la lumière, comme un passage, un effet de tunnel. Et puis la forêt s'est dissoute pour laisser apparaître les premières prairies et un panorama lunaire s'est déroulé sous mes yeux, ravaudage de carrés de tissus blancs brodés de fil noir, voile de mariée des ténèbres.

Une beauté sombre et glacée qui continuait de m'emporter mais ne me troublait plus, car je commençais à en connaître les mystères.

Ces derniers jours, il avait de nouveau neigé sur le plateau, une information ignorée des employés de l'aéroport de Rodez, preuve qu'il existait toujours un rempart entre l'Aubrac et le reste du monde, une enceinte que Granita ne franchirait plus jamais, puisque j'étais revenue l'y enfermer.

Annie Rigal reprochait à Dieu de manquer d'humour, et c'est en riant qu'elle a fait son entrée à la Résidence du Gaillet, le matin du 2 janvier. Elle venait tout juste de s'apercevoir que le panneau indiquant « Maison de retraite » avait été, involontairement sans doute, fixé de manière à pointer dans la direction du portail du cimetière que seul un mince filet d'asphalte séparait de l'Ehpad.

Entre deux gloussements, elle a pris un air faussement compassé pour regretter que le caveau familial se trouvât à Lacalm et pas à Nasbinals, auquel cas son cercueil n'aurait eu qu'à traverser la route. Parce que le moment venu, a-t-elle insisté, elle ne voulait à aucun prix d'une cérémonie religieuse, plus jamais elle ne remettrait les pieds dans l'église de son village.

J'étais si perturbée par les événements que j'ai acquiescé au lieu de protester.

Il n'y avait plus qu'à espérer que le personnel soignant soit aussi amusant que cette fichue pancarte, a-t-elle décrété en appuyant sa main sur mon épaule, un geste que je garde en mémoire, car elle ne cherchait pas à s'appuyer sur moi mais à me réconforter. Ma grand-tante possédait le pouvoir de transformer n'importe quelle situation dramatique en scène de film comique. Je crois que je ne l'ai jamais autant admirée qu'en cet instant-là.

Nous avons pénétré cahin-caha dans le vestibule où semblaient nous attendre deux vieux messieurs silencieux, bérets sur la tête et charentaises aux pieds, parqués côte à côte dans leurs fauteuils roulants.

J'ai failli défaillir en retrouvant l'odeur fétide de la Maison de la Croix-Rose. J'aurais voulu supplier Granita de renoncer, de retourner à Paris, dans son appartement du premier étage, je m'occuperais d'elle, je ferais tout ce qu'elle voudrait.

La vue du reste des pensionnaires avachis dans la véranda offrant une vue de première catégorie sur le cimetière a achevé de me convaincre de faire demi-tour, mais une canne s'est levée à la verticale depuis un canapé, accompagnée d'un cri de surprise.

Une femme au visage fin et gracieux l'a appelée : Annie ?

Yeux écartés, oreilles décollées et cheveux blancs séparés en deux cônes pointus, une tête d'antilope que j'ai reconnue comme celle de la vieille dame qui avait serré ma grand-tante dans ses bras à l'église, le jour de l'enterrement de Douce.

– Tu viens t'installer, toi aussi ? Je me suis cassé le col du fémur en tombant le mois dernier. Ma fille m'a mise ici, à cause du magasin… C'est bien fini le temps où l'on gardait les vieux chez soi…

– Bonne année, Yvonne, l'a coupée Granita.

Elle est fine comme du gros sel, a-t-elle marmonné entre ses dents à mon intention, mais j'ai vu à l'éclat de ses yeux qu'elle était bien contente de la trouver là.

La maison bénéficiait d'un personnel sympathique, mais servait une nourriture épouvantable, nous a annoncé Yvonne. Qu'on se rende compte, ils mettaient des cerises confites dans la coupétade ! Elle s'est adressée à moi, avenante, pour m'informer que sa fille travaillait dans une boutique de vêtements de sport à Laguiole, à côté de la coutellerie Boyer.

Elle était donc la fameuse madame Causse, à laquelle Douce téléphonait de Paris pour lui demander de fleurir la tombe familiale, à qui elle aurait rendu visite l'unique fois où elle serait revenue au pays.

J'ai installé Annie près d'Yvonne. Je les ai laissées là, à bavarder, et je me suis enfuie.

Les tombes disparaissaient sous une épaisse pelisse blanche.

J'ai marché vers celle de ma grand-mère, avec pour écho le bruit de mes pas, un crissement ouaté.

Il m'a fallu gratter la neige glacée pour découvrir la gravure du nom de Douce. Je suis restée un temps infini à scruter les lettres imprimées dans la pierre. Malgré cette preuve indiscutable, il m'était difficile de croire que ma grand-mère reposait là, difficile aussi de me représenter Granita à quelques kilomètres d'ici, dans un Ehpad.

Une brèche s'est ouverte dans mon cerveau. Des larmes se sont mises à couler sur mon visage sans me soulager d'aucune manière.

L'année qui avait précédé son internement, Douce avait commencé à oublier ses affaires à droite à gauche. À la poste, elle avait laissé son portefeuille sur le comptoir et se l'était fait voler. Il contenait cent euros. Trois mois plus tard, une femme d'une quarantaine d'années avait sonné à la porte de l'appartement de la rue Catulle-Mendès. Elle avait tendu son portefeuille à Douce. Je suis une bien vilaine personne, je vous ai volé votre argent. J'étais dans le besoin, et ça m'a bien aidé, mais maintenant je vous le rends et je vous demande pardon. La femme pleurait, Douce pleurait. Quand Annie, arrivée en catastrophe, avait fini par comprendre de quoi il retournait, elle s'était mise à crier. Qu'est-ce que c'est que ce *patacaisse*! Arrête de braire, Douce ! Du nerf, ma grande, du nerf !

J'ai essuyé mes larmes.

2

Deux semaines plus tard, j'entrais pour la première fois dans la maison de mon père. Celui-ci m'attendait au seuil de sa porte, immobile dans l'air glacé. Il m'a embrassée sur la joue et j'ai respiré un léger parfum d'étable en dépit de sa tenue de bistrot, pull et pantalon gris impeccables. On sait toujours quand un paysan entre dans une maison, avait coutume de dire Douce, les lèvres plissées en une moue de dégoût.

Carrelage beige au sol, gazinière, table de ferme, toile cirée, buffet en bois, canapé défraîchi, papier peint dont le motif de fleurs grises sur fond crème n'était pas des plus gais, crucifix planté au beau milieu du mur. Après la mort des parents Alazard, l'ensemble semblait avoir été laissé en l'état. Seule concession au monde moderne, l'incontournable écran plat de télévision. Le tout d'une propreté indiscutable. Dans son bistrot de Bastille, mon père passait son temps à nettoyer les tables, astiquer les couverts, balayer le sol. On le célébrait pour sa maniaquerie, on le disait « financier ».

– Tu n'as pas de lave-vaisselle ? me suis-je étonnée.

– À quoi bon ? Je vis seul. Ça m'occupe. Tu n'as pas dîné ? J'ai préparé un coufidou.

Je l'ai regardé d'un air incrédule retirer la daube de bœuf du feu, un plat très long à préparer.

– Tu sais bien que je n'aime pas ça… ai-je fait exprès de lui reprocher.

Il ne pouvait qu'ignorer mon nouvel appétit pour la viande.

– Manger les bêtes, on peut pas être contre, a-t-il soupiré pour la millième fois.

Et cette fois encore, il ne s'adressait pas à moi, plutôt à tous ceux qu'il jugeait responsables de la baisse de la consommation du bœuf en France, les végétariens, des babas cool, les associations pour la protection des animaux, des allumés, et les journalistes qui relayaient leurs discours, des fouille-merde.

Je n'ai pas discuté. J'étais déçue mais l'idée qu'il n'avait personne avec qui partager le coufidou m'attristait. Serge était considéré, y compris par mes grands-mères, comme un excellent cuisinier. D'après Granita, tous les gens du plateau possédaient la culture du bon produit. Michel Bras ne sort pas de nulle part, soufflait-elle en me flanquant des coups de coude.

Le lendemain matin, je me suis réveillée étonnamment reposée. J'avais dormi douze heures. Cela ne m'était pas arrivé depuis des années.

Sur la table de la cuisine m'attendaient une baguette fraîche, un pot de confiture, un paquet de Frosties, une boîte de Ricoré et du lait. Mon père avait reconstitué le petit déjeuner qu'il me servait enfant, au comptoir du *Bar Bas'*.

J'allais m'asseoir quand il est apparu, une tasse à la main, vêtu de sa combinaison de travail à grandes fermetures Éclair.

– Je m'en vais à l'étable. Tu as vu, ça a de nouveau grisé cette nuit, a-t-il lâché, en montrant du doigt la fenêtre par laquelle on apercevait le paysage enneigé.

J'ai tartiné un morceau de pain et croqué dans la mie tiède. Les battements de mon cœur se sont suspendus à l'instant où j'ai reconnu le goût de la marmelade de cynorhodon que préparait Madeleine Calmel pendant mes vacances d'été.

Le temps s'est contracté. Une botte de foin doré m'est apparue, puis un morceau de fouace fondante, j'ai senti le parfum de terre fraîche d'un bouquet de jonquilles, la chaleur du soleil sur ma peau, les feuilles de thym rose me piquer les cuisses. Chaque bouchée me ramenait un peu plus en arrière. Le pouvoir magique de la nourriture ne cessait jamais de m'étonner.

Avant que Granita ne disparaisse, ai-je soudain réalisé, il me fallait retranscrire sur papier les recettes de cuisine de Douce dont elle était dépositaire. Jusqu'ici, je n'avais pas compris qu'elles étaient mon unique héritage. Si ma grand-tante ne me les transmettait pas à temps, elles se perdraient.

Je suis sortie dans le jardin. Un instant j'ai cru entendre carillonner les cloches des vaches de mon père, pourtant enfermées. Un son qui ressemblait à celui d'une église lointaine. J'ai eu l'impression qu'elles m'appelaient.

J'ai passé le début de matinée à l'aider à l'étable. De fin novembre à fin mai, Serge soignait les bêtes, réparait les clôtures, ôtait les pierres des parcelles, faisait tourner le curage, vidait la fosse, répandait le lisier sur les prés de fauche autour de la ferme et sur sa terre d'estive. L'été, c'était la transhumance, et tandis que les bêtes pâturaient, il fanait, préparait les bâtiments d'hiver, les parcs de vêlage, nettoyait les abreuvoirs.

À onze heures, nous avons fait une pause et partagé farçous, saucisse sèche et vin blanc frais. Seuls, ainsi que j'en avais rêvé.

Il était un peu tôt à mon goût pour boire de l'alcool, mais au moins cela me donnerait du courage. Puisque je venais de décider que le moment était venu de lui parler.

J'ai commencé par m'enquérir, d'une voix blanche, de sa réponse à la proposition d'achat de Pierre Fabre.

– J'ai donné mon accord verbal.

J'ai serré les mâchoires. Je savais ce que cela signifiait.

– J'ai une faveur à te demander, ai-je fini par dire. Pourrais-tu repousser la vente de quelques mois ? J'ai l'intention de revenir la plupart des week-ends et j'aimerais les passer ici. Avec toi. Je voudrais rattraper le temps perdu. Vivre dans cette ferme qui est un peu la mienne avant que tu ne t'en sépares…

C'était une demi-vérité, un pieux mensonge.

Depuis des semaines, je réfléchissais aux paroles d'Armand, de Bernard, de Clémence, de Serge. De Granita.

Si tu veux faire un vrai boulot d'éleveur, il faut une traçabilité irréprochable de la filière, une maîtrise de A à Z de la production.

Le jour où il y aura un énième scandale sanitaire, le marché italien s'effondrera.

L'engraissement est la clé de voûte du modèle, l'étape cruciale, la seule source de plus-value possible.

Un régime d'élevage à base de maïs altère la qualité sanitaire de la viande.

Il faut consommer de la viande d'animal correctement nourri.

N'importe quel neuneu est capable de voir qu'une vache attachée tout l'hiver avec une corde de cinquante centimètres est stressée.

Il est devenu trop cher d'acheter de la « génétique ».

Rien ne les dissuade de vendre du poison étiqueté « Origine France ».

Ce que font les Italiens nous sommes capables de le faire, en mieux.

Je me doutais que mon père refuserait de se convertir au bio. Ce n'était pas la seule issue. Après l'élevage traditionnel, l'agriculture intensive, le retour à la terre façon bourrée et aligot, l'agriculture biologique, il existait une cinquième voie, celle de la qualité alliée à une traçabilité irréprochable. La fusion parfaite entre tradition, modernité et santé, entre bon sens paysan, respect de l'environnement et technologie.

J'avais ainsi décidé d'aider Serge à renouveler son troupeau en vaches pure Aubrac afin d'élever du « Bœuf fermier Aubrac », un Label Rouge soumis à un strict cahier des charges : les animaux étaient bien traités ; on ne les piquait pas aux antibiotiques ; leur engraissement s'opérait chez l'éleveur, une période de quatre mois au minimum, au moyen d'aliments complémentaires à base de céréales référencées et contrôlées, le maïs et les produits fermentés étaient interdits.

Ce n'était pas suffisant. Mon père adhérerait à l'association Bleu Blanc Cœur, un collectif soutenu par le ministère de la Santé, dont les membres éleveurs s'engageaient à alimenter leurs animaux en sources naturellement riches en acides gras oméga-3. Bien nourrir les animaux pour bien nourrir les hommes.

Nos vaches mangeraient de l'herbe et du foin de montagne enrichi en lin et luzerne. Notre viande serait labellisée « Santé ». Tu es ce que tu manges, répétaient mes grands-mères.

À mon arrivée sur le plateau, je connaissais à peine la différence entre une vache allaitante et une vache laitière, le lisier et le fumier, j'étais incapable de distinguer une bête d'une autre, une étable d'une autre, et maintenant je m'apprêtais à donner des leçons d'élevage. J'étais bien la petite-fille d'Annie Rigal.

Quand j'étais parvenue à cette décision, je m'étais sentie infiniment apaisée. Elle justifiait celle d'enterrer Douce à Lacalm et tout ce qui s'était ensuivi.

Je comprenais enfin le principe de la force invisible qui m'avait attirée sur l'Aubrac. Granita avait eu raison de prédire des conséquences, Gabriel de m'assurer que rien n'était dû au hasard. J'étais revenue sauver la ferme de mon père.

Avec le recul, j'ai conscience d'avoir joué à l'éleveuse sans vouloir me l'avouer.

J'avais dévoilé mon projet à ma grand-tante. Je ne m'attendais pas à ce qu'elle l'approuve, bien au contraire, j'étais même certaine qu'elle m'en dissuaderait – je crois qu'inconsciemment, je le souhaitais. Et j'avais été suffoquée de l'entendre non seulement m'encourager à le poursuivre mais aussi proposer de m'aider. Cette aventure lui donnerait du grain à moudre. Au milieu de tous ces vieux, elle craignait de se ramollir. C'est elle qui avait eu l'idée d'acquérir quarante bêtes, vingt vaches déjà pleines et vingt génisses reproductrices, et d'en faire la surprise à mon père.

Le prix d'une génisse oscillait entre deux mille et deux mille cinq cents euros. Apprendre qu'un taureau en valait deux fois plus ne m'avait pas étonnée, la configuration d'un troupeau s'apparentant à celle d'un harem. Mais sans pouvoir me l'expliquer, je ne voulais pas, comme la fille des Calmel, utiliser l'insémination artificielle.

Après avoir pris conseil auprès d'un technicien de la chambre d'agriculture de Rodez, je m'étais familiarisée avec le *Herd Book*, le registre de recensement généalogique de l'espèce bovine, j'avais appris à reconnaître l'aptitude d'un animal en fonction de son ouverture pelvienne, son développement musculaire, son squelette.

La prochaine vente aux enchères de taurillons se tiendrait début mars.

J'avais étudié le catalogue de la vente, la fiche de chaque animal. Un Tinder pour animaux : mon cœur balançait entre Bill et Bison.

Bien que doté d'un très bon bassin, la robustesse de Bison l'empêchait de s'apparier aux femelles de petit gabarit, alors que la moindre carrure de Bill en faisait un taureau utilisable sur toutes génisses.

Sur sa photo, Bill arborait un anneau de nez. Granita m'avait expliqué qu'aux bêtes récalcitrantes on posait ce genre d'accessoire pour les contrôler. Ça marche pour les animaux comme pour les hommes. Tu attrapes un gars de cent vingt kilos par le nez et tu en fais ce que tu veux. Un argument de choc, j'en avais convenu. Mais les yeux de Bison s'ourlaient de noir et son encolure bien dessinée lui donnait l'air de sortir de chez le coiffeur. C'était donc sur lui que je m'étais décidée à enchérir.

J'avais besoin d'argent. Granita avait trouvé la solution. En attendant, sur son ordre, j'avais entrepris le tour des patrons des bistrots parisiens pour leur proposer notre future viande. Ma grand-tante en avait dressé un inventaire interminable, se fendant de nombreux coups de fil pour m'introduire auprès d'eux. Je supposais que parmi cette liste se trouvaient les noms de tous les enfants et petits-enfants des pensionnaires de la Résidence du Gaillet.

Annie s'était très vite liée aux autres occupants de la maison de retraite. Depuis sa chambre, elle recueillait doléances et confidences, comme elle le faisait au bistrot. En quinze jours à peine, son lit était devenu son nouveau comptoir.

Ignorant ce qui se tramait derrière son dos, mon père m'a fixée, l'air étonné. Son visage s'est peu à peu fendu d'un sourire hésitant.

– Tu as toujours été une originale.

3

Dans la petite cuisine du *Catulle* flottait un fumet d'huile chaude et de lard fumé. L'énorme poêle que ma grand-mère avait fait venir de Rodez pour y faire sauter ses pommes de terre crépitait sur la gazinière. Impossible de la porter seule, à chaque fois il lui fallait l'aide de deux garçons, à chaque fois Granita levait les yeux et les bras au ciel. Douce s'en fichait royalement, elle était ravie de sa nouvelle éplucheuse et de sa poêle gigantesque.

Je me suis penchée au-dessus des patates de Dominique. La gérante avait donné ordre à son jeune commis de ne jamais cesser de les remuer. Le pauvre semblait à bout de forces. Les pommes de terre bondissaient dans l'huile, prenant peu à peu l'aspect craquelé qui caractérisait celles de ma grand-mère. Je n'avais jamais réussi à l'égaler, malgré tous mes efforts. J'avais beau m'y reprendre des dizaines de fois, les miennes finissaient farineuses ou calcinées.

Ses boucles d'oreilles, ses chaussures à talons hauts, sa mise en plis, son foulard impression léopard, son rouge à lèvres Yves Saint Laurent faisaient de Douce Rigal « une originale ». Cependant, aucun collègue cafetier ne se serait jamais avisé de la critiquer. Sa beauté intimidait et son extraordinaire talent culinaire excusait tout. Ceux qui avaient goûté sa falette, sa poitrine de veau farcie aux herbes, en étaient restés baba. La farce crépitait sur la langue comme une mousse, le parfum du persil et des oignons équilibrant celui de la viande finement hachée, mélangée à la mie de pain trempée dans du lait pour davantage de moelleux. Personne ne réussissait la fouace comme elle, une galette à la fois dense et fondante, compacte et souple, les effluves de fleur d'oranger subtils sans être prégnants. Les vieux limonadiers de Paris souriaient béatement en retrouvant le goût sucré de leur pays perdu.

J'imagine aujourd'hui qu'ils étaient sans doute nombreux à connaître son secret. Mais ils n'en ont jamais rien dit. Tous étaient loin de chez eux, tous se serraient les coudes.

J'ai ouvert la porte du grand frigo. Sur une étagère, j'ai trouvé la dizaine d'entrecôtes que j'avais moi-même commandées à la boucherie Calmel. Leur chair était fine et ferme, de la couleur du rubis, au petit goût de fleur sauvage. Un cadeau pour les enfants de la crèche. Je les leur ferai cuire pour le déjeuner.

Depuis quelque temps, je me surprenais à regarder jouer les petits, examiner lesquels d'entre eux prenaient les jouets des mains des autres, caressaient, frappaient ou mordaient, restaient dans leur coin, réclamaient des câlins, à repérer le timide, le turbulent, le gourmand, le paresseux, le gentil, le dominant, le dominé. Ces traits de caractère leur avaient-ils été transmis ? Étaient-ils, ainsi que l'affirmait Gabriel, structurés par le passé de leurs parents ? Quelle était la part de liberté dont ils disposaient ?

Une vague de nausée m'a brusquement traversée et j'ai dû quitter la cuisine. En chemin, je me suis heurtée à Dominique qui, avant même de me saluer, s'est inquiétée de la santé de Granita dont elle ne comprenait pas la décision de rester sur l'Aubrac. Elle m'en tenait sans doute pour responsable : si c'est pas malheureux de mettre sa tatie à l'hospice.

Une inquiétude non feinte s'est imprimée sur son visage.

– Comment ça, madame Rigal ne mange toujours pas ? Mais moi, je connais les recettes de sa sœur. Je peux aller lui faire la cuisine. Elle adore mon bœuf bourguignon.

Je l'ai remerciée, mais ma grand-tante serait furieuse de la voir abandonner le café, elle le savait bien.

Puis j'ai pris des nouvelles de son mari, gérant d'un bar à Clichy. Car j'étais venue, lui ai-je annoncé, l'informer de mon intention de vendre *Le Catulle*, à l'unique condition qu'ils en soient les repreneurs, elle et son compagnon.

Tous deux remplissaient parfaitement les conditions de survie d'un couple à la tête d'une affaire : bien s'entendre et travailler dur. Qu'elle ne s'inquiète pas, j'avais seulement besoin d'une mise de départ, j'agirais comme les brasseurs aveyronnais avec mes grands-mères, je lui ferais crédit. Pour le reste, il y avait les banques, même si, et cela je ne l'ai pas spécifié, il se disait que la frilosité les gagnait depuis les attentats, en particulier ceux de Nice à la suite desquels le chiffre d'affaires des cafés de Saint-Germain-des-Prés, la référence en la matière, avait chuté de moitié.

Quand j'ai eu terminé, Dominique était toute retournée. Elle devrait en parler avec son mari, bien sûr, mais c'était tentant, *miladiou*, c'était tentant. Soudain, elle a sursauté. Qu'en pensait madame Rigal ? Je l'ai rassurée, c'était son idée. Granita n'imaginait pas laisser son établissement à quelqu'un d'autre. Dominique a bondi sur ses pieds pour cacher son émotion. Elle est retournée travailler, invectivant au passage les deux garçons restés plantés là le temps de notre échange.

– Qu'est-ce que vous regardez ? Bécasses, va !

Mais très vite, elle s'est immobilisée et a levé vers moi un visage interrogateur :

– Tu es sûre, Brune ? Tu es sûre que tu ne veux pas du *Catulle* pour toi ?

Je n'avais jamais cédé aux supplications de Douce, dont le rêve était de me voir reprendre le café. J'étais une héritière : je n'aurais pas d'emprunt à rembourser. Cependant je n'avais pu m'y résoudre. Il n'était pas question que je change d'avis mais, pour la première fois, j'ai espéré ne pas avoir à le regretter.

Comment passer d'un monde à l'autre ? Comment laisser derrière soi le monde dont on n'avait pas voulu ?

Ma mère aurait accepté : Rose voulait bien tout ce que sa mère décidait pour elle.

Une seule fois, ma grand-mère, à court d'arguments, avait tenté de me culpabiliser. Si je ne reprenais pas l'affaire, tout le travail fourni n'aurait servi à rien. Granita était venue à ma rescousse. Que Douce cesse de m'embêter à la fin. Elle me trouvait très courageuse de paver ma propre voie. Tant d'enfants marchaient dans les pas de leurs parents par commodité, par couardise, par paresse. Ma grand-mère avait insisté. Alors Granita l'avait fait taire d'un « Lacalm ! » bien senti.

Directrice de crèche, Douce avait fini par trouver ça chic et me considérer d'un autre œil. Quant à Annie, elle pensait que ça me convenait bien, car j'étais, moi aussi, une donneuse de leçons.

Au-dehors, la chaussée parisienne m'a semblé sale et dure. J'ai repensé à l'herbe élastique de l'Aubrac. Gabriel m'avait montré comment, là-haut, la terre émettait un bruit de voûte quand on la frappait du talon, rappelant que l'herbe avait poussé sur des coulées de lave, des ruisseaux souterrains, de l'eau fraîche.

Je me suis demandé ce qui circulait sous les trottoirs de la rue Catulle-Mendès. Sûrement quelque chose de dégoûtant.

4

Un soir de fin janvier, à Paris, nous avons dîné tous les cinq, Margot, Sarah, leurs compagnons respectifs et moi, dans le restaurant du mari de Sarah. Il avait préparé du veau aux petits légumes. Sa sauce blanche procédait de la liaison d'un morceau de beurre fondu, une cuillère de farine et une louche du bouillon de cuisson. Douce aurait protesté. Une blanquette sans crème fraîche, c'était comme un sandwich sans pain.

Tous ses produits provenaient de petits producteurs franciliens, sauf la viande qu'il faisait livrer en direct d'un éleveur des Yvelines. Dès que possible, l'élevage de mon père la lui fournirait.

Au moment où je lui signifiais ma gratitude, une douleur intense est montée de mon bas-ventre, irradiant mon abdomen. Un liquide chaud a jailli entre mes cuisses.

J'ai roulé des yeux affolés en direction de Margot, lui faisant signe de me rejoindre aux toilettes. Sous le faible éclairage qui caractérise les commodités des établissements modernes, j'ai baissé ma jupe. Du sang frais s'écoulait le long de mes jambes.

De la voix douce et calme qu'elle réservait à ses malades, Margot m'a demandé depuis combien de temps je n'avais pas eu mes règles. Je ne m'en souvenais plus, à vrai dire. J'avais mis mon retard sur le compte du choc subi à la mort de ma grand-mère. Souffrais-je de nausées, de douleurs abdominales ? J'ai acquiescé, tétanisée. Elle n'a rien ajouté.

Dans la voiture qui nous emmenait à l'hôpital de Versailles, j'ai gardé le silence. Moi qui ne croyais pas en Dieu, je priais. Je priais pour ne pas être enceinte. Je priais pour ne pas être enceinte d'un homme marié qui ne quitterait jamais sa femme. Mais je savais que mes prières étaient vaines. Tous les symptômes concordaient. Les hémorragies de début de grossesse étaient fréquentes. Me revenaient en mémoire les appels paniqués des patientes de Margot.

J'apprenais ma grossesse en saignant comme ma mère avait saigné après avoir accouché.

Jusqu'ici, je pensais qu'il était trop facile de blâmer ses parents pour ses problèmes. Qu'il fallait être soit lâche, soit idiot, soit masochiste pour ne pas se faire aider. Qu'il existait de nombreux moyens à notre disposition, l'analyse, la psychothérapie, le sport, l'hypnose, l'acupuncture, la méditation, les antidépresseurs. Qu'on pouvait changer, s'améliorer, se libérer. Je m'étais crue architecte de ma vie, j'étais fière de mes décisions, fière d'avoir tracé mon chemin. Je n'étais, finalement, que le jouet d'un parcours fermé, un petit train électrique sur un circuit de bois. Je ne contrôlais rien du tout. Mon terrain de jeu n'était pas bien grand, il avait la taille et la forme du plateau d'Aubrac. Je n'avais pu m'empêcher d'y retourner et maintenant j'étais prise au piège de ses tourbières.

En boucle, j'égrenais les hypothèses, je réécrivais l'histoire, j'en voulais à Granita : si elle avait laissé partir Douce après la mort d'Antoine au lieu de lui imposer ce pacte idiot, ma grand-mère n'aurait pas cédé aux avances de Maurice. Si elle n'était pas allée travailler au lendemain du bannissement de Douce, la laissant seule et désespérée, celle-ci n'aurait pas essayé de se suicider. Si elle m'avait raconté leur histoire plus tôt, ma grand-mère reposerait aujourd'hui à Levallois, aux côtés de Rose. Si j'avais su que Douce était fille mère, jamais je ne serais moi-même tombée enceinte d'un enfant sans père.

Margot m'a installée sur la table d'échographie. Le cœur battant, j'ai pensé à Max, à notre nuit rue Catulle-Mendès dont je conservais si peu de souvenirs. Au message de rupture que j'avais fini par lui envoyer.

Après l'amour, nous avions l'habitude de fumer une cigarette au lit en discutant. Max s'étonnait souvent de ce que je n'évoque jamais Rose, seulement Annie et Douce. Alors je détournais son attention. Comment lui avouer qu'il m'aurait été impossible de parler de ma mère parce que je ne savais rien d'elle ? Je ne connaissais que les qualificatifs qu'employaient mes grands-mères pour décrire la petite fille qu'elle avait été. Timide, fragile, obéissante, gentille.

Le plus curieux, c'est qu'un instant j'ai voulu cet enfant. Je me sentais capable de l'éduquer seule, j'avais moi-même été élevée sans homme. Pendant les quelques secondes qu'a duré l'auscultation, j'ai remercié Douce de me faire répéter, malgré elle, malgré moi, ses erreurs.

– Tu n'es pas enceinte.

Quelque chose s'est détendu en moi, à la manière d'un élastique qui se rompt, me laissant plus sonnée que soulagée.

– C'est un polype, une tumeur bénigne. Mais il faut l'enlever. Je t'opérerai la semaine prochaine.

Le lendemain, je suis allée chercher le carton de vieilles photos que Douce gardait dans le fond de son placard à chaussures.

Je les ai étalées l'une après l'autre le long du tapis persan, recréant une sorte de chemin de vie dont Annie était absente et Douce figée à quarante ans – ma grand-mère avait déchiré toutes les photos d'elle passé cet âge, sauf celle où j'apparaissais nourrisson dans les bras de ma mère. La plupart des clichés me représentaient. Sur une petite dizaine seulement figurait Rose.

Sur la plus ancienne, elle devait avoir six ans, arborait deux nattes brunes, un uniforme bleu marine et blanc, un air intimidé. On la retrouvait à dix ans, en short et débardeur, plantée droite comme un I à côté d'une petite cabane de branches au milieu d'une prairie aubracoise. J'avais reconnu les murets de pierre caractéristiques des hautes terres. Puis à douze ans, de nouveau en uniforme scolaire, pétrifiée. Adolescente, en voyage de classe à Strasbourg. En tenue de ski. Devant la vitrine du *Demoiselle* de Levallois. Plus elle avançait en âge, plus elle se mettait à ressembler à Douce, bien que sa peau fût plus claire, ses yeux moins noirs et moins fendus, ses cheveux moins épais, sa fossette moins creusée. Moi-même, j'en étais la réplique. C'était comme si ma grand-mère avait été décalquée à deux reprises et que le dessin original avait, à chaque fois, perdu en couleur et en force.

Ces photos ne disaient rien de particulier, et pourtant j'ai observé avec une grande attention chacune d'elles, essayant d'y capter quelque secret. Je n'avais pas envie de n'y voir qu'une pâle copie de Douce aux yeux tristes. Mais je ne voyais rien d'autre.

Jusqu'à cette image.

Ma mère à dix-sept ans, moulée dans un maillot de bain noir, en équilibre au bord d'un lac bleu à l'eau scintillante, les pieds disparaissant sous la vase. Son corps fin et musclé a pris la couleur du caramel. Elle s'apprête à plonger, respire la légèreté et la grâce et fixe l'appareil en riant.

À l'arrière-plan, j'ai repéré ce que j'ai d'abord pris pour un homme perché au sommet d'une colline avant de m'apercevoir qu'il s'agissait de la croix de Saint-Andéol.

J'ai posé la photo sur l'oreiller à côté de moi et j'ai fermé les yeux. L'image de la steppe d'Aubrac s'est formée sous mes paupières. Ses courbes illimitées, ses pâtures ondoyantes. Le sommeil a fini par me prendre, si léger et intermittent qu'il m'était difficile de le distinguer de l'éveil. Il se chargeait des mêmes reflets.

Cette nuit-là, j'ai rêvé que le plateau était le plus grand, le plus haut lieu de retraite du monde. Un immense couvent à ciel ouvert. Les pèlerins y affluaient en grand nombre. Chaque arrivant devait se plier à l'usage : se raser une poignée de cheveux au bord du lac de Saint Andéol, à l'instar des moines déboisant le paysage pour le dépouiller à leur image.

De la foule se détachait une silhouette. Ma mère, en maillot de bain noir, marchait jusqu'au bord du lac et plongeait dans l'eau brillante sous les regards admiratifs des pèlerins. Elle ne réapparaissait pas.

Mais soudain le plan d'eau étale se soulevait, puis s'abaissait pour s'élever de nouveau un peu plus loin, comme une vague. Quelqu'un se déplaçait sous la surface. Rose ne s'était pas noyée. Elle s'était transformée en Drac.

5

Le *Bar du Belvédère* de Saint-Urcize se démarquait des autres bistrots du plateau. Lustres à pampilles, peau d'ours, candélabres d'argent, trophées de chasse, cheminée de pierre noire, canapés capitonnés, tentures pourpres : son propriétaire s'était amusé à créer une ambiance. Est-il utile de préciser qu'il était d'origine parisienne, et qu'excepté mon père l'établissement n'était guère fréquenté par les éleveurs qui lui préféraient le traditionnel *Café de la Mairie*? Au *Bar du Belvédère*, pas de bruit de tasses qu'on entrechoque ni de pression du percolateur, pas de conversations sur la météo, la politique, les compétences de tel ou tel vétérinaire, les normes européennes, rien qu'un doux murmure feutré.

J'y rejoignais parfois Serge qui aimait discuter truites et brochets avec le maître des lieux, s'y plaindre de la disparition des saumons des rivières de l'Aubrac. Tous deux attendaient avec impatience la fin de l'hiver marqué par l'ouverture de la saison des poissons de première catégorie, le deuxième samedi du mois de mars.

Pour le moment, figés sous une couche de glace, les boraldes et les affluents du Bès composaient un réseau de miroirs opaques et craquelés, mosaïques modernes d'un immense vitrail sans tain, jusqu'à la cascade du

Déroc, métamorphosée en banquise polaire, en grotte féerique, en monstre cracheur de stalactites.

Depuis que j'étais parvenue à le convaincre de repousser la date de vente de sa ferme et que je l'y retrouvais chaque week-end ou presque, avec à chaque fois l'espoir d'ajouter un nœud au lien que je m'efforçais de former entre nous, Serge ne cessait de me déconcerter. Je le regardais soigner ses vaches avec un flegme étrange, s'enfoncer peu à peu dans une sorte de rêve éveillé, comme si plus rien n'avait d'importance. Il semblait accepter ma présence tel un mal nécessaire, tandis que, pour ma part, j'oscillais entre la satisfaction de vivre à ses côtés et l'agacement que provoquait en moi sa placidité.

J'attendais avec impatience le jour où l'on nous livrerait les premières bêtes. Parce qu'alors, je le sentais au plus profond de moi, tout changerait.

Je me suis assise près du feu de cheminée et j'ai dégusté un thé noir et du cake à l'orange en consultant mon courrier électronique.

En cette mi-février, six des vaches pleines avaient déjà mis bas. Les vingt génisses nous parviendraient début mars, quelques semaines avant l'arrivée de Bison. Ensemencées par le taureau, elles vêleraient en décembre. Notre cheptel totaliserait alors quatre-vingts animaux. Restait le problème des bêtes croisées de Serge et de leurs dix veaux. Je refusais de les envoyer à l'abattoir, contre l'avis de Granita : on n'a jamais vu une vache sur un lit d'hôpital avec la famille autour, le médecin et le curé.

Nos séances de travail, ainsi qu'Annie les nommait, nous procuraient à toutes deux beaucoup de plaisir. La ferme des Alazard était devenue notre principal sujet de conversation. Tout comme moi, elle n'y aurait renoncé pour rien au monde, car tout comme moi, elle jouait à l'éleveuse et elle aimait ça.

J'ai regardé ma montre. L'heure du déjeuner approchait à la Résidence du Gaillet.

Le dimanche suivant son admission, Granita et moi étions allées déjeuner au restaurant. Quand j'avais commandé de la viande de bœuf, elle m'avait adressé un sourire entendu. J'avais, enfin, compris qu'on pouvait à la fois aimer et manger une vache, se nourrir de sa force et de son intelligence. Tu prends ta place dans la chaîne du vivant, avait-elle murmuré respectueusement.

Elle-même n'avait rien mangé.

Je me souviens qu'au début du déjeuner, elle s'était tournée vers moi, les narines palpitantes, ce qui était chez elle la marque de la colère la plus vive. Je ne peux même plus lire le menu, à quoi ça sert, tout ça, fulminait-elle, se servant de la page cartonnée pour brasser l'air autour d'elle, et je me doutais bien de ce que « tout ça » signifiait. J'avais protesté, je lui téléchargerais des livres audios, des podcasts, je lui ferais la lecture, « tout ça » valait encore le coup, il y avait d'autres moyens, d'autres plaisirs que la nourriture et les livres, mais je n'en pensais pas un mot et elle le savait parfaitement.

Au moment de quitter le *Bar du Belvédère*, j'ai instinctivement tourné la tête et c'est là que je les ai vus, cachés derrière un paravent, en train de murmurer avec des mines de conspirateurs. Bernard Calmel et Pierrot Fabre.

Je me suis dépêchée de sortir avant qu'ils ne me repèrent, en vain, car Bernard m'a rattrapée dans la rue.

– Attends, Brune, il faut que tu saches… Par ici, ça jase. Les gars ont entendu parler des animaux que tu achètes comme des petits pains.

J'ai eu un mouvement de recul. Quelqu'un avait-il dévoilé mes projets à mon père ? L'information circulait si vite sur le plateau qu'il s'était bien trouvé quelqu'un au *Café Aubrac* pour les lui rapporter. Mais je me suis rassurée, si tel avait été le cas, Serge n'aurait pas pu continuer comme si de rien n'était à faire la cuisine en me racontant le prochain lâcher de truites arc-en-ciel au lac de la Source.

– Ils ne sont pas très en faveur de ton projet. Le Label Rouge, encore… Mais ton truc Bleu Blanc Cœur… C'est du marketing. On ne fait pas ça par ici.

– Mais ici, c'est aussi chez moi.

Bernard a lissé sa fine moustache.

– Ce n'est pas tout à fait vrai, a-t-il avancé. Cela fait vingt-trois ans que tu n'es pas revenue. Quinze ans que tu n'as pas vu ton père. Et maintenant tu prends possession de sa ferme ? Tu ne peux pas débarquer ainsi et imposer ta vision. On ne s'improvise pas paysan. L'écosystème de l'Aubrac est fragile. Il faut comprendre leur point de vue.

– Quel point de vue ?

– Beaucoup de jeunes du coin souhaitent agrandir leur exploitation mais manquent d'argent, a tenté de m'expliquer Bernard. Sa voix était aussi calme que d'habitude mais ses yeux étincelaient, un éclat dur que je ne leur connaissais pas.

– Quand un agriculteur cède sa place, celui de ses enfants qui souhaite reprendre la ferme doit emprunter pour rembourser la part de ses frères et sœurs. Du coup, les paquets d'euros des Parisiens, ça énerve tout le monde. Le prix du foncier n'est pas proportionnel à la rentabilité économique de l'élevage.

– Mais quand tu dis Parisiens, ai-je rétorqué, agacée, tu parles bien de fils ou de petits-fils d'Aveyronnais ? De ceux qui ont dû partir parce qu'ils n'avaient pas le choix, qui auraient crevé de faim s'ils étaient restés, ceux qui ont trimé toute leur vie dans les cafés et qui ont envie de rentrer ? Pourquoi n'en auraient-ils pas le droit ? C'est leur terre, aussi !

Bernard a pris un air dubitatif.

Je me suis rappelée Granita brocardant ses collègues cafetiers qui pleuraient l'Aubrac derrière leur comptoir. Avec l'argent gagné au bistrot, ils avaient acheté une parcelle et des bestiaux et rêvaient de la respiration lourde des vaches et de leur poil chaud, car ils iraient bientôt s'occuper de leurs bêtes là-haut. Sauf qu'à quatre-vingts balais, ricanait ma grand-tante, ces types-là étaient encore accrochés à leur bar, et si enfin ils arrivaient sur l'Aubrac, au bout d'un an ils ne se suffiraient plus et leurs enfants les mettraient en Ehpad. Alors à quoi ça aura servi, à part priver de terre les jeunes de la région qui n'ont pas assez d'argent pour s'installer ?

J'ai chassé ce souvenir de mon esprit. Je détestais avoir tort.

Dans le cas présent, ai-je cherché à me justifier, je n'étais pas venue acheter de la terre. Mon père en possédait suffisamment. Et je pouvais lui jurer qu'il ne la vendrait pas à Pierre Fabre. Mon but était d'aider, ai-je continué d'une voix plus douce, pas de créer la discorde. Je ne débarquais pas, comme il disait. Mon projet était réfléchi. J'y travaillais dur. Même si c'était seulement depuis quelques mois, même si on ne pouvait pas le comparer à une vie de paysan. Je ne voulais pas gagner de l'argent sur le dos des agriculteurs, seulement contribuer à une alimentation plus saine. Ne pas déléguer l'engraissement des veaux aux Italiens qui les gavaient de maïs OGM.

– Mais qu'en sais-tu ? Tu as des preuves ?

J'ai gardé le silence.

– C'est l'export des broutards qui a permis de tenir les prix du marché français. Tu vas les payer comment, les paysans ? Tu veux révolutionner le système à toi toute seule ? Ça pourrait être possible de créer des ateliers d'engraissement sur l'Aubrac, mais il faudrait une volonté européenne. Jusqu'ici, les Italiens s'en sont chargés parce que leurs ateliers étaient situés au beau milieu des plaines céréalières. Mais même eux ne peuvent rien contre la baisse de consommation de bœuf en Europe. Tu veux faire de la qualité ? Du circuit court ? Tu as raison, mais ni le climat ni la géologie du plateau ne sont propices à la culture du lin ou de la luzerne. S'il faut les acheter, ton modèle n'est pas rentable. Le consommateur ne paie pas assez cher. C'est la Pac qui a créé cette situation. C'est la mondialisation. On ne peut pas aller contre son temps.

– Il faudrait savoir ! ai-je explosé. Tu dis tout et son contraire. On a toujours fait comme ça et on ne peut pas aller contre son temps… De la qualité, un circuit court, ce n'est pas ce que tu aides ta fille à obtenir ?

– Tu ne comprends pas, Brune, a soupiré le petit homme. C'est pour ton bien… J'aurais préféré que Clémence t'en parle mais elle n'est pas d'accord avec moi. Elle non plus ne veut pas comprendre. Et pour finir, c'est moi qui paie ses dettes. Vous êtes drôles, vous les jeunes…

Qu'est-ce que je ne comprenais pas ? Que l'image des petits veaux élevés sous leur mère, la solidarité des éleveurs, le pouvoir des maîtresses femmes, l'authenticité du paysage, son isolement, son immensité, la liberté qu'il offrait, n'étaient qu'illusions ? Que la terre d'Aubrac était semée de secrets, traversée de mirages ?

C'était Bernard qui ne comprenait pas notre génération. Clémence, Gabriel, moi-même, nous étions nombreux à refuser d'intégrer des peurs et de mener des vies qui n'étaient pas les nôtres, à vouloir choisir le terreau dans lequel nous prendrions racine. À faire semblant d'ignorer que certaines traces ne pouvaient pas être effacées.

6

Granita m'avait priée de la conduire jusqu'à la terre d'estive des Alazard. C'était la première fois qu'elle demandait à sortir de la résidence depuis notre déjeuner au restaurant. Quand je lui proposais de l'emmener se promener, elle refusait, prétextant la fatigue.

Cette fois, elle voulait s'assurer qu'à l'estive on trouvait bien des bouquets d'arbres au milieu des champs, lesquels présentaient le triple avantage de stocker du carbone, d'offrir de l'ombre aux animaux et de les alimenter en feuilles riches en oméga-3. Sinon, il faudrait en planter. Si possible des châtaigniers, a-t-elle spécifié. Vérifier aussi que les cours d'eau qui parcouraient la montagne étaient bien des ruisseaux et pas des cloaques. Yvonne Causse lui avait parlé d'un cousin paysan dont l'abreuvoir jamais nettoyé s'était couvert d'algues vertes, on se serait cru en Bretagne, s'était-elle offusquée. La source était tarie et le type refusait de payer une pelle mécanique pour la capter de nouveau. *Macarel*, quelle honte, une vache qui boit quarante litres d'eau croupie par jour ! Granita ne faisait pas confiance à Serge, elle voulait constater tout cela par elle-même.

Je ne connaissais pas encore la terre d'estive de mon père, qu'Armand qualifiait de plus bel endroit du monde. J'avais plusieurs fois prié Serge de m'y conduire mais à chaque fois il avait plus urgent à faire. L'idée de la découvrir en compagnie de Granita me grisait.

Le cœur léger, j'ai emprunté la route de Nasbinals. Le jour levant traçait dans le ciel bleuté des rubans roses et nimbait l'horizon d'une bande de lumière jaune citron. Dans le lointain, la canopée des épicéas prenait une teinte rousse sous le soleil de février, formant de petites coupoles dorées, comme si les saisons se brouillaient, comme si l'automne était de retour. Leur assemblage composait une sorte de toison chatoyante qui m'a évoqué le manteau de renard de Douce. Je devais avoir une quinzaine d'années quand celle-ci l'avait acheté à crédit, dans un atelier du quartier de la Bourse. Une folie qui lui avait valu de se prendre une copieuse *raballée.* Annie lui avait ordonné de le rapporter, mais Douce avait tant pleuré que ma grand-tante avait fini par céder. Je me souviens de l'avoir vue, euphorique, faire virevolter les godrons de l'opulente fourrure orangée, hésitant entre fascination et répulsion. Et voilà que réapparaissait ce manteau, immense et tendu au-dessus des prairies enneigées.

Un sentiment de plénitude m'a gagnée. À contempler ce paysage à la fois immuable et changeant, on s'imaginait soi-même libéré de toutes entraves. L'immensité résistait aux barbelés. Si la nature et les bêtes d'ici avaient de tout temps été manipulées par l'homme, c'était grâce à lui que subsistait en France ce lieu qu'il était possible de parcourir des heures durant sans croiser quiconque, ce lieu où l'on pouvait marcher et disparaître. Il fallait rendre cela aux éleveurs.

Mon téléphone a sonné. Le nom de Granita s'affichait sur l'écran.

C'était Yvonne Causse. Elle chuchotait, m'appelait en cachette, pensant que je préférerais l'entendre de sa voix. Entendre quoi, l'ai-je questionnée d'une voix gaie. Je m'attendais à ce qu'elle m'annonce que Granita s'était disputée avec l'ensemble des aides-soignantes.

Yvonne a repris sa respiration. Annie est morte il y a un quart d'heure, a-t-elle soufflé.

7

Une de mes œuvres contemporaines préférées est conservée au musée d'Arts de Nantes. Une installation du vidéaste Bill Viola, un triptyque composé de trois écrans vidéo dont la forme, les couleurs, le thème rappellent un tableau de la Renaissance. Sur le film de gauche, une femme accouche. Au centre, un homme se maintient en apnée sous l'eau. À droite, une dame âgée agonise. Les trois films s'arrêtent au moment où la vieille femme expire son dernier souffle, qui correspond à celui de la première prise d'air de l'enfant.

Cette œuvre m'est venue en songe la nuit qui a suivi la mort de Granita. Sauf que c'était moi qui accouchais sur l'écran de gauche et Annie qui mourait sur celui de droite. Au centre, Douce flottait entre deux eaux, les yeux ouverts. Difficile de dire si elle était morte ou vivante. De ce rêve ma mère était absente.

Cette nuit-là, je ne suis pas rentrée chez mon père. Je suis restée dormir sur un fauteuil aux côtés de Granita. Je l'ai veillée une partie de la nuit, je lui ai parlé, je lui ai dit des mots que je ne saurais retranscrire.

Si le corps de ma grand-tante ne m'avait pas donné naissance, j'étais, au fil du temps, née de son esprit.

Qu'on ouvre mon cerveau et on y trouverait sa marque.

Je pensais que sa mort m'anéantirait, mais je n'étais pas aussi abattue que je l'aurais cru. Je savais, en mon for intérieur, qu'elle ne pouvait survivre longtemps à sa sœur.

Le lendemain, j'ai habillé Annie. Au moment de choisir sa tenue, j'ai découvert que les cols de ses chemises étaient tous élimés. Par bonheur, elle voyait trop mal pour s'en être aperçue.

Je me suis donné un mal fou pour que son brushing ressemble le plus possible à celui de Mireille Darc dans *Le Retour du grand blond*, qu'elle appréciait tant. Je ne l'ai pas réussi aussi bien qu'elle l'aurait souhaité. Elle aurait sûrement préféré que je fasse appel au coiffeur de Nasbinals, mais elle n'était plus là pour m'engueuler. Pour finir, j'ai quasiment vidé le flacon de *Pour un Homme*.

Elle serait enterrée sans bijou. J'avais eu beaucoup de mal à ôter sa bague, celle qui avait appartenu à Madeleine Calmel. J'avais enfin pu l'observer de près et obtenir la confirmation de mes soupçons. Autour de l'anneau, de part et d'autre de l'unique rubis, cinq petits trous témoignaient de ce que la bague était à l'origine incrustée de six pierres. Les rubis manquants se trouvaient désormais fixés à la croix que je portais autour du cou.

Granita nous avait offert ce qu'elle avait de plus précieux, à ma mère et moi.

J'avais mis la bague à mon annulaire.

Nous avons ouvert la porte de sa chambre et ceux qui patientaient dans le couloir sont entrés lui dire au revoir.

Elle avait réussi, ainsi qu'elle le souhaitait, à ne pas passer par la case église.

Ma grand-tante avait tendance à envisager la vie à la manière d'un jeu de société dont elle et Douce auraient établi les règles. En cela elle était bien de son pays, elle qui qualifiait les Aveyronnais de fous de liberté. L'égalité, c'est de la foutaise.

De mon côté, j'avais toujours pensé qu'il y avait des étapes à respecter, des rivières qu'on ne pouvait franchir d'un seul bond. Des marches à gravir.

J'ai aperçu Armand Raynal et Pierre Fabre, la fille d'Yvonne Causse. Et puis mon père, et Gabriel. Nicole et Clémence se chargeaient d'accueillir les visiteurs. Bernard se tenait en retrait dans un coin de la pièce, la moustache impeccablement taillée. Après s'être recueillis sur le corps de Granita, tous venaient le saluer respectueusement.

Les amies de ma grand-tante ont fait leur apparition. Cinq petites dames aux visages de farfadets, aux cheveux blancs, chacune portant un panier empli d'objets bariolés. Elles ont formé un cercle autour de ma grand-tante et déposé sur son corps des rubans pastel, des branches de genévrier, des rameaux de houx, des fleurs en papier de toutes les couleurs. Pour finir, elles ont enserré son cou d'une petite cloche d'étain et sa tête d'une couronne de fleurs, ce qui a ruiné son brushing mais je n'ai pas osé protester.

De ce jour, je conserve de Granita l'image d'une reine d'Aubrac parée pour son dernier voyage.

8

Je devais avoir dix-sept ans quand Douce s'est mis en tête de me faire participer à l'élection des Pastourelles.

Depuis 1925, la *Ligue auvergnate et du Massif central*, l'association des Auvergnats de Paris, choisissait sa Miss parmi un essaim de jeunes filles originaires de l'un des sept départements de la zone culturelle auvergnate. Élue au cours d'une soirée de gala, la nouvelle Pastourelle se devait de posséder « grâce, connaissances et une aptitude de représentation ». L'année qui suivrait, tous les bals, toutes les Amicales et manifestations régionales se l'arracheraient. En costume traditionnel, elle danserait la bourrée et la polka pour toute une vie.

Granita s'y était formellement opposée, elle qui ne m'interdisait jamais rien. J'étais trop jeune, on ne savait pas sur qui je pourrais tomber. Je n'y tenais pas particulièrement alors je n'avais pas cherché à savoir en quoi le fait de participer au banquet annuel de l'association Accrobourrée pouvait se révéler périlleux. Mais Brune adore se déguiser et elle est si jolie, avait protesté ma grand-mère. À la perspective de me voir en habit folklorique avec coiffe et rubans, Douce en oubliait d'être inquiète.

La beauté ne se mange pas en salade. À quoi ça t'aura servi, toi, d'être jolie ? Lacalm ! avait décrété Granita et on en était restées là.

– Je me suis permis, s'est excusée Dominique en me voyant fixer l'affiche de l'élection des Pastourelles 2017, suspendue au-dessus du comptoir.

La nouvelle propriétaire de notre bistrot familial n'avait jamais eu l'intention de changer la moindre chose à l'intérieur du café, en mémoire d'Annie Rigal dont *Le Catulle* serait le panthéon, mais la gagnante 2017 se trouvait être originaire de Montezic, comme son mari, alors ils n'avaient pas résisté.

– On est si fiers de notre Pastourelle. C'est notre Miss France à nous !

J'avais pris rendez-vous avec Dominique pour « parler affaires » : échéancier de remboursement, approvisionnement, fournisseurs, banques, sujets dont je m'apercevais qu'elle les maîtrisait beaucoup mieux que moi.

Nous ne nous étions pas revues depuis l'enterrement d'Annie. Pour y assister, elle avait fait l'aller-retour Paris-Lacalm dans la journée en voiture. Partie à l'aube, de retour à la nuit tombée, et le lendemain matin au café dès sept heures, à astiquer le zinc de son comptoir.

Je lui enviais son énergie, dont je me demandais si elle l'avait puisée dans la terre de l'Aubrac.

En sortant du *Catulle*, je me sentais si fatiguée que j'avais péniblement grimpé les quinze marches menant à l'appartement. Je m'étais allongée sur le lit voisin de celui de Granita et m'étais endormie immédiatement.

Quand je me suis réveillée, deux heures plus tard, j'étais transie de froid. J'ai marché dans le couloir à vive allure pour me réchauffer, en prenant soin de ne pas marcher sur la vieille tache de sang. Le tapis était la seule chose que je garderais de cet appartement.

J'ai décidé que puisque j'étais là, je pouvais bien commencer à faire le tri dans les affaires de mes grands-mères. J'ai ouvert un placard au hasard et une immense pile de nappes a dégringolé sur le sol.

Vers la fin, quand Douce répondait au téléphone, il lui arrivait de raccrocher en ayant dépensé pour deux cents euros de linge de maison. Nappes, serviettes et draps, il y avait dans l'armoire de quoi équiper tout un hôtel. Annie essayait bien d'empêcher sa sœur d'atteindre l'appareil mais, dirait-elle en guise d'excuses, c'était comme se mettre entre un hippopotame et un plan d'eau.

Je me suis toujours demandé quelle tête pouvait bien avoir celui ou celle qui profitait de la faiblesse d'une vieille dame sénile. La tête du jeune homme qui avait épousé l'une des cousines de mes grands-mères âgée de quatre-vingt-douze ans et propriétaire d'un hôtel-restaurant rue Cardinet ? Celle du clochard alcoolique qui s'était installé chez l'une de leurs voisines octogénaires de la rue Catulle-Mendès, et dont elle était, clamait-elle, amoureuse ?

En ramassant le linge épars, un petit morceau de papier a voleté dans l'air, finissant sa course à l'envers sur le tapis. Je l'ai ramassé. Au creux de ma paume, une photo de mes grands-mères. Un petit tirage rond, en noir et blanc, probablement destiné à un médaillon.

Leur âge est difficile à déterminer mais, puisqu'elles ne sont que deux sur la photo, j'imagine qu'elle a été prise après la mort d'Antoine. Annie a peut-être quatorze ou quinze ans et Douce douze ou treize, pas davantage car à ce moment-là l'aînée dépasse encore la cadette en taille.

Au premier coup d'œil, on peut croire qu'elles se ressemblent. Elles portent la même vareuse, la même coiffure courte et crantée et regardent dans la même direction.

Il faut l'examiner de près pour remarquer comment le regard ombrageux, réservé d'Annie, contraste avec celui de Douce, mutin et mystérieux à la fois, comment le visage austère de l'aînée se démarque des traits de sa cadette, annonciateurs d'une grande beauté. Et comment sa posture, raide et empruntée, tranche avec la nonchalance enfantine de ma grand-mère, dont on aperçoit le maillot de corps.

La petite tient la grande par l'épaule, une attitude qui paraît destinée à la rassurer. Sauf qu'à bien y regarder on s'aperçoit que les doigts de Douce sont anormalement crispés. En réalité elle s'accroche à sa sœur.

Tout est déjà sur cette photo, dont la forme circulaire symbolise la relation exclusive des sœurs Rigal.

Le sérieux d'Annie, sa gravité, sa constance, sa compréhension du danger extérieur. Le charme rebelle de Douce, sa désinvolture, sa fragilité.

Sur la photo, aucune trace en revanche de l'esprit de moquerie qui définissait Granita.

L'a-t-elle développé plus tard pour se venger de la légèreté de Douce, se défendre des coups que sa sœur lui infligeait sans même s'en apercevoir ?

9

Nous n'étions qu'en mars et les prairies gardaient la couleur du foin, mais l'air chargé du bourdonnement des mouches et du pépiement des mésanges embaumait déjà l'herbe fraîche. Une brise légère berçait délicatement le plateau. J'ai respiré ce parfum de renouveau à pleins poumons. En offrant mon visage au soleil coupant, j'ai senti mes épaules se détendre, mon souffle s'apaiser.

Seuls quelques arbres épars parsemaient l'herbe rousse, hêtres que leurs troncs torturés métamorphosaient en oliviers centenaires: les vaches s'y étaient frottées. Par endroits, les morceaux disjoints des clôtures malmenées par l'hiver formaient des espèces de bouquets de bois. J'ai marché jusqu'à celle qui séparait l'exploitation de mon père de celle de Pierre Fabre.

Le vieil éleveur avait sorti une trentaine de ses vaches. Elles broutaient l'herbe sèche des prés de fauche devant sa maison. J'ai contemplé les trois taureaux charolais. Leurs gigantesques encolures telles des bosses de chameau. Leurs puissants muscles sous leur peau immaculée. Nimbés de lumière, les animaux brillaient d'une façon surnaturelle. Ils beuglaient régulièrement, leur énorme cou projeté en avant, un cri rauque et profond qui rappelait le brame du cerf. De leurs cloches d'étain s'élevait un bruit de tam-tam.

Ces taureaux-là pesaient plus d'une tonne chacun. J'avais entendu dire qu'ils ne faisaient pas de vieux os : après deux ou trois saisons, on les envoyait en boucherie. Trop lourds, ils cassaient le dos des vaches aubracs qu'on leur faisait monter.

Je suis allée saluer mon père à l'étable. Il m'a répondu comme s'il venait à peine de me quitter. Puis je suis ressortie aussitôt du bâtiment sous un faux prétexte pour attendre la bétaillère. J'ai patienté, le cœur battant.

Les bêtes s'avéraient superbes. Vingt génisses trapues et galbées qui s'ébrouaient gaiement. Bientôt elles seraient mères. Leurs filles et petites-filles aussi. Une lignée de filles mères.

Leur robe gris fumé reflétait le soleil tel du cristal. Granita les aurait trouvées chic, à n'en pas douter. Mes yeux se sont embués à la pensée qu'elle n'était plus là pour les admirer. C'est ainsi que mon père m'a retrouvée, reniflant au cul du camion.

– Que se passe-t-il ?

– Une surprise.

– À qui sont ces vaches ?

– À toi.

Je lui ai tout dit du cadeau que je lui préparais depuis des mois.

Plus je parlais et plus il se décomposait. Il a fini par s'asseoir sur le muret de pierre le plus proche.

– Brune, qu'est-ce que tu as fait ?

Il regardait loin devant lui, le regard fixé sur quelque étang de pêche, immobile.

Je me doutais qu'il ne sauterait pas de joie, qu'il serait difficile à convaincre, mais je n'avais pas prévu un tel fiasco.

– Je n'ai plus envie d'être éleveur. Je n'ai jamais eu envie…

J'ai protesté. Que me racontait-il là ? S'il le souhaitait, je pouvais m'installer ici pour l'aider, démissionner de la crèche. Nous ferions tout ensemble…

J'étais la première étonnée de mes paroles. Je n'avais jamais eu l'intention de déménager sur l'Aubrac. Ni de quitter mon travail. J'ai joué quelques instants avec la possibilité d'une autre vie. Qui ne rêvait pas de quitter Paris, la grisaille, le bitume, la frénésie, la foule mécontente et pressée ? Même si je savais au fond de moi qu'il s'agissait d'une illusion, aussi lisse et brillante que la glaise du plateau. Brune Alazard éleveuse de bœufs fermiers Aubrac ? Personne n'y croyait.

Et pourtant j'ai tout fait pour convaincre mon père du contraire. J'avais si peur que la fragile attache que j'étais parvenue à tisser entre nous se déchire. J'ai déroulé mes arguments. Le marché de la viande en pleine mutation. Le système à bout de souffle. Le marché italien décroissant. Pourquoi ne pas profiter de la notoriété du territoire, de l'appellation « Parc naturel régional », offrir au consommateur un produit goûteux, bon pour sa santé et l'environnement. Se lancer dans la vente directe, supprimer les intermédiaires.

Serge ne réagissait pas. Il restait prostré, mutique.

J'ai fini par dire n'importe quoi, comme à chaque fois que je perds mes moyens. Comprenait-il qu'il était assis sur un tas d'or ? Et qu'il s'apprêtait à le brader à un fraudeur ? L'accord verbal conclu avec Pierre Fabre ne possédait aucun fondement juridique. Qu'il me donne deux ou trois ans, le temps d'aller jusqu'au bout de ma démarche, le temps de construire une étable à stabulation libre. La semaine prochaine, un nouveau lot de vaches nous serait livré, vingt bêtes pleines et autant de veaux. Soixante animaux, quatre-vingts l'année suivante, cent pour cent pur Aubrac. Est-ce qu'il imaginait un peu ? Si ça ne fonctionnait pas, il pourrait toujours vendre la ferme. Il n'était pas si vieux. Que deviendrait-il s'il s'en séparait aujourd'hui ? Il n'avait ni l'envie de travailler pour les autres, ni les moyens de pêcher toute la journée. S'il ne le faisait pas pour lui, qu'il le fasse au moins pour moi, sa fille.

Poussé à bout, Serge s'est levé, évitant mon regard.

– C'est que… Brune, tu n'es pas ma fille.

10

Assis à mes côtés sur un canapé, mon cousin n'osait plus dire un mot.

Je ne pouvais plus faire un mouvement et cependant une partie de mon cerveau s'est mécaniquement mise en marche, tels des rouages encrassés qui recommencent à fonctionner après une longue panne. Les roues dentées des événements passés s'enclenchaient les unes après les autres. Tout prenait sens. L'éloignement volontaire de Serge dans mon enfance, le sentiment de malaise que j'avais toujours éprouvé en sa présence, le rêve inavoué que j'entretenais qu'il ne fût pas mon père, l'étonnement qu'il le soit. L'indifférence teintée de mépris qu'il inspirait à mes grands-mères. Sa docilité, son apathie.

J'avais pensé réparer l'enfance meurtrie d'Annie et de Douce en travaillant dans une crèche, imiter mon arrière-grand-mère Renée, avant l'ère de la boucherie Rigal. En vérité c'était l'acte de Serge que je répétais : élever les enfants des autres.

J'avais aidé un père qui n'était pas le mien à sauver une terre qui n'était pas la mienne. Malgré tout, l'impression d'un acte légitime ne me quittait pas. Je n'en voulais pas à Serge. Je n'en voulais à personne. Un sentiment étrange s'était insinué en moi, je n'aurais pu le nommer précisément mais il ressemblait à de la consolation.

Clémence est apparue. Gabriel lui avait téléphoné. Sur son visage, j'ai lu de l'anxiété, du soulagement aussi.

Je l'avais sûrement deviné, elle avait été, à plusieurs reprises, sur le point de me révéler la vérité, mais à chaque fois elle avait renoncé à me délivrer une histoire tronquée, dont elle ne connaissait pas l'engrenage, renoncé à trahir son père, car ce secret-ci n'appartenait pas seulement aux Rigal et aux Alazard, mais également aux Calmel.

J'apprendrais que Clémence avait surpris, adolescente, une conversation entre Madeleine et Bernard, mais celui-ci avait toujours refusé d'en dévoiler davantage. Cette fois, elle l'avait forcé à venir et l'obligerait à tout me dire.

Bernard a longtemps gardé le silence, lèvres serrées, tandis qu'en face je restais muette.

Clémence a fini par s'emporter : « Mais parle enfin ! »

Depuis quelque temps, aux questions que Bernard lui pose, Madeleine répond de manière évasive. Elle semble ailleurs, ne sourit plus jamais, et même si elle continue de lui tapoter doucement le crâne, de lui chanter *Sòm, sòm, veni d'endacòm* pour qu'il s'endorme, ses caresses sont distraites, son ton de voix a changé, il s'est chargé de métal, dirait Bernard si on le lui demandait. Il n'a que six ans mais devine que la tristesse de sa mère n'est pas liée à son père, lequel souffre d'une maladie étrange que le médecin de Laguiole ne parvient pas à guérir. Le rire de Madeleine s'est tari le jour où Annie a quitté le pays.

Bernard est terrifié à l'idée qu'elle l'abandonne pour rejoindre sa cousine à Paris. Il n'aime qu'elle et ne veut qu'une chose, rester à ses côtés. Chaque jour en sortant de l'école, il court à perdre haleine la rejoindre, une boule de feu dans le ventre à l'idée de ne pas la retrouver à l'étable, assise sur sa selle en train de faire téter à un veau son premier lait. Il l'aide à soigner les bêtes, à racler les bouses. Il adore ça, du reste il sera paysan, comme son père et son grand-père. Ce qu'il préfère, c'est l'accompagner sur leur montagne, au bord du lac de Saint-Andéol. Au printemps, la terre d'estive se couvre de jonquilles et il en fait des bouquets poudrés d'or. Fin mai, tous deux mènent leur petit troupeau décoré de rubans et de fleurs sur la route de la transhumance et marchent fièrement au rythme des cloches de Nasbinals à Saint-Andéol. L'été, la sueur coule dans son dos tandis qu'il aide aux foins et fait la sieste près des bosquets de genêts à l'odeur poussiéreuse. Madeleine le hisse au sommet d'une botte piquante, sur la charrette tirée par les bœufs. À la mi-août, à l'aide d'une fourche spéciale qu'on appelle fourche du diable, il arrache les racines de gentiane dont sa mère fait de la liqueur.

Les années passent et la crainte de la voir partir s'efface.

Chaque été, sa petite-cousine Rose vient passer ses vacances à Nasbinals. Elle a six ans de moins que lui. Au début, il s'efforce de la haïr, puisque c'est elle qu'on câline à présent, c'est à elle qu'on chante la berceuse en patois, mais Rose est si gentille. Il lui construit des cabanes et ensemble ils braconnent, attrapent à la main les truites sauvages qui se cachent sous les pierres des boraldes.

Il se souvient du jour où la petite lui apprend que la montagne de Saint-Andéol lui appartient. Les Calmel la louent aux Rigal depuis des décennies, à prix avantageux. Ils ont conclu ce qu'on appelle une vente d'herbe. Mais que Bernard se rassure, Rose n'aura jamais besoin de la terre puisqu'elle ne sera jamais paysanne. Elle travaillera au café, auprès de sa mère et sa tante. Il lui demande de promettre qu'il pourra laisser ses vaches sur la terre d'estive, toute sa vie. Il a treize ans, Rose sept. Elle jure.

Les années passent. Bernard a vingt-deux ans et une vie d'agriculteur devant lui quand soudain, un matin d'octobre, Madeleine l'avertit qu'Annie et Douce ont l'intention de récupérer leur terre.

La peur l'envahit, puis la colère. Sans montagne, on ne peut pas élever d'animaux sur l'Aubrac. Il décide d'intenter un procès aux sœurs Rigal. Les tribunaux de la région privilégient systématiquement le paysan au détriment du propriétaire. Tant que Bernard continue d'exploiter l'estive, le fermage ne peut être remis en cause.

Avertie par Annie du projet de son fils, Madeleine l'implore de renoncer au procès. Les Rigal ont besoin de cette terre, argue-t-elle sans plus de précisions. Il refuse. Lui aussi en a besoin. Il connaît par cœur le moindre de ses entrelacs, de ses tourbières, de ses coteaux, de ses pierres, de ses fleurs. Il y épand de la chaux au printemps, du lisier à l'automne, y mène ses vaches l'été, assainit ses cours d'eaux, répare ses clôtures l'hiver. Il s'y repose, y rêve, y respire sous le ciel de topaze, au bord de l'eau ambrée à laquelle la terre de l'Aubrac a donné sa couleur, il marche dans la boue de sa tourbe, c'est ce que *braco* signifie, boue. C'est sa fenêtre sur le monde, cette terre. Il en a besoin et il y a droit : Rose a juré de la lui laisser. Cela, évidemment, il ne le dit pas, il sait bien qu'un pacte d'enfants n'a pas de valeur.

Quelques jours plus tard, Madeleine entre dans sa chambre. Elle lui fait promettre qu'il ne répétera pas le secret qu'elle va lui révéler. Rose Rigal est enceinte. Elle a rencontré un jeune homme au bal du 15 août, à Nasbinals. Un étranger de passage dans la région pour les vacances, la petite ne connaît même pas son nom. Elle n'a pas encore dix-huit ans et le garçon n'est pas au courant. Il faut qu'il comprenne, insiste Madeleine, que Douce elle-même n'a pas eu d'époux, et qu'elle refuse que Rose se retrouve dans la même situation. Elle ne le supporterait pas. Sur le moment Bernard ne comprend pas laquelle des deux, de la mère ou la fille, ne le supporterait pas. Qu'importe, Douce a décidé qu'il fallait un mari à Rose, un père pour l'enfant à naître.

Elle s'est mise d'accord avec les parents Alazard dont le fils, Serge, est célibataire à Paris.

Le prix de l'alliance est la terre d'estive de Renée Rigal.

Annie s'est d'abord opposée à ce que sa sœur échange un mari contre une terre. Que Douce soit prête à vendre sa fille tel un bestiau la rend malade : c'est exactement ce que leur mère a voulu faire le jour du mariage d'Éliane et Maurice. Douce a rétorqué qu'elle aurait mieux fait de l'écouter. Une erreur pareille ne se reproduira pas. Rose est d'accord pour épouser Serge Alazard. Annie a fini par se laisser convaincre et demande maintenant à Madeleine de leur rendre la terre.

Mais Bernard se fiche bien des Rigal. Comment Madeleine peut-elle sacrifier l'avenir de son fils à ses cousines ?

Alors Madeleine lui raconte, l'enfance et les rêves partagés, l'amitié indéfectible, la promesse qu'elles se sont faite, jeunes filles, de ne jamais se quitter toutes les trois, promesse brisée par la grossesse accidentelle de Douce et sa tentative de suicide, la peur constante qui désormais les anime, elle et Annie, de la voir recommencer, le système de protection qu'elles ont mis en place, sa douleur de voir partir les deux sœurs, la nouvelle promesse donnée qu'un jour, lorsque son fils sera adulte et installé, elle les rejoindra à Paris.

Bernard ne pense plus clairement. Sa gorge se serre, son regard se brouille. Il s'apprête à perdre sa terre, et sa mère. Lui vient une idée : s'il épousait Rose ? Ainsi, il garderait la montagne. Puisqu'on en est à vendre la petite au plus offrant… Il ferait sans doute un meilleur mari que ce Serge Alazard dont on dit par ici qu'il est mou comme une chiffe, taiseux à l'excès, pauvre *métchi*. Rose tiendrait sa parole. Elle lui doit bien ça.

Madeleine se met en colère. Bernard est donc devenu *bestiou*, a-t-il oublié qu'il épouse Nicole le mois prochain ? De toute façon, Douce ne donnerait pas son accord, personne ne doit jamais savoir que l'enfant de Rose n'a pas de père.

Au spectacle de son grand fils traversé de sanglots secs, Madeleine se radoucit. Le plus important n'est pas ce qu'on fait, mais avec qui. S'il accepte de renoncer à la montagne de Saint-Andéol, promet-elle, elle n'ira pas à Paris retrouver ses cousines. Le boucher de Nasbinals est sur le point de prendre sa retraite. Il est d'accord pour lui apprendre le métier. Elle est certaine que Bernard est fait pour le commerce. Elle l'aidera.

Un sacrifice pour un autre, comprend-il. Il accepte.

Le vent s'est levé et sous sa pression, les vitres du salon ont commencé à vibrer. Un sifflement court est monté, puis un autre, on aurait dit le signal sonore d'un bateau.

La séparation des veaux d'avec leurs mères s'accompagne de beuglements déchirants qui rappellent également le son d'une corne de brume.

J'avais absorbé les paroles de Bernard avec avidité, mais il m'aurait fallu les quatre estomacs d'une vache pour en venir à bout. Je m'étais forcée à ne pas l'interrompre, même si j'aurais voulu crier que les deux femmes qu'il décrivait n'étaient pas celles que j'avais connues.

Je me suis souvenue de la déclaration du cousin Calmel lors de notre première rencontre, relayée par Clémence. Madeleine vous aimait beaucoup. Ce qu'il voulait dire, c'est qu'elle nous aimait beaucoup trop.

Bernard avait deviné ma pensée.

– Maman vous adorait, toi et Rose. L'été de tes quinze ans, elle a prévenu Annie par téléphone qu'elle s'apprêtait à te révéler le secret. Ta grand-tante le lui a interdit. Après ça, tu n'es jamais revenue.

Sa voix s'est brisée. J'ai voulu savoir s'il s'était vengé. Je les avais vus, lui et Pierre Fabre au *Bar du Belvédère.* J'étais certaine qu'ils avaient conclu un accord, en vertu duquel Pierrot lui céderait la montagne en contrepartie de l'exploitation. Je me trompais. Sa position d'adjoint au maire lui offrait un certain nombre de prérogatives, comme celle d'être au courant avant les autres des terrains à vendre. Quand je l'avais surpris avec Pierrot, il était en train d'essayer de le convaincre d'acquérir une autre ferme que celle de Serge.

Tout comme ma mère, il n'avait pas réussi à me détester. Il m'admirait, même. J'avais aidé celui que je croyais être mon père à sauver ce qui se révélait être la terre de ma mère. Sans le savoir, j'avais préservé l'héritage de mes grands-mères. J'avais raison, je venais d'ici, j'étais d'ici.

Il ne faut pas oublier d'où l'on vient. Ou plutôt, il faut savoir d'où l'on vient pour pouvoir l'oublier. Je n'appartenais pas à une terre, mais à une histoire, dont je devais connaître le début pour en écrire la fin.

11

Le lendemain matin, le ciel avait pris la couleur du fusain et cependant les prairies environnantes s'illuminaient de soleil. La terre semblait éclairée de l'intérieur par un volcan souterrain entré en éruption pendant la nuit. Au loin, les montagnes se teintaient d'indigo.

Le 4x4 de Serge était garé à sa place habituelle. J'ai marché vers la ferme en longeant le pré de fauche. Les nouvelles vaches broutaient paisiblement. J'ai enregistré une image dont il m'a fallu quelques secondes pour réaliser qu'elle comportait une anomalie, comme dans « Cherchez l'erreur », le jeu des sept différences entre deux photos.

Une masse blanche sur une tache grise. Je me suis approchée. La barrière qui séparait le terrain de Pierre Fabre de celui de mon père était ouverte. L'un des taureaux charolais montait une vache pure Aubrac. J'ai hurlé, descends ! comme si ça allait l'arrêter.

Quand j'ai fait irruption dans la maison, une autre image m'a assaillie, aussi incongrue que la première : Serge endormi, habillé des vêtements de la veille, étalé au travers de son fauteuil préféré, une bouteille vide à ses pieds.

J'ai préparé du café, puis je l'ai réveillé. Il a sursauté en me voyant.

– Papa, emmène-moi sur la terre d'estive.

Le lac de Saint-Andéol avait l'apparence d'un immense plat émaillé bleu cobalt, la texture d'une coupe en pâte de verre de Murano. Sa surface se couvrait d'une fumée, une légère poussière d'eau semblable à des embruns, de sorte qu'on avait l'impression d'un bord de mer. Quand je me suis approchée, j'ai vu que l'eau possédait, en réalité, la couleur de l'ambre, exactement comme Bernard l'avait décrit. La teinte brune de la tourbe de l'Aubrac, dont l'origine occitane, *alto braco*, signifiait donc « haute boue » et pas « haut lieu » comme je le croyais.

J'ai ouvert le coffret Boyer et j'ai jeté dans le lac, un à un, tous les couteaux qu'il contenait. Puis j'ai arraché la chaîne que je portais autour du cou, retiré la bague de mon doigt et j'ai lancé, le plus loin possible, ma croix et l'anneau de Granita.

Un jour peut-être, un nageur, un pêcheur récupérerait un couteau rouillé, un bijou oxydé et inventerait pour son enfant l'histoire d'un trésor englouti, d'une femme jalouse, d'un amour impossible.

La pièce d'eau délimitait à l'ouest la montagne de Renée Rigal, jusqu'au puech de la croix. Nous avons difficilement cheminé à travers la lande jusqu'à son sommet. Le terrain s'avérait particulièrement ardu. Creusé et spongieux par endroits, bosselé et caillouteux par d'autres. De là-haut, nous avons admiré les vestiges de l'ancienne voie romaine, et aussi la draille de murets de pierre sèche qui parcourait les prairies, la piste qu'empruntaient les troupeaux transhumants.

À la mi-mai, les prés du plateau se vêtiraient d'une pâte blanc pur, donnant l'illusion de nouvelles chutes de neige : les narcisses des poètes. Je découvrirais alors que l'odeur de *Narcisse Noir*, le parfum de Douce, n'avait rien à voir avec celle, tout aussi entêtante, des fleurs blanches de l'Aubrac, contrairement à ce que j'avais toujours cru.

À cet instant, j'ai su ce qu'il adviendrait de cette terre.

J'ai prié Serge de me parler de ma mère.

Rose a surgi du néant, si jeune, si peu sûre d'elle. Si soucieuse de plaire à Douce. Rose aux yeux graves. Rose qui aimait la vie de bistrot, faire la cuisine, manger des crêpes, pêcher la truite à la main et nager seule dans l'eau du lac l'été, bien qu'elle fût glacée et troublée de terre.

J'ai interrompu Serge pour lui raconter la vision qui m'était venue en rêve, ma mère se détachant d'une foule pour plonger dans le lac de Saint-Andéol. C'est tout à fait elle, a-t-il souri. D'ailleurs, si sa mémoire était correcte, il existait une très belle photo de Rose prise au bord de l'eau, l'été de ses dix-sept ans.

Quel dommage, elle ne se trouvait pas jolie.

C'est ainsi que le garçon du 15 août l'avait séduite : l'apercevant plus tôt dans la journée au bord du lac, dans son maillot noir, il était allé lui dire qu'elle était belle, c'était le seul mot de français qu'il connaissait. Il n'avait pas encore dix-huit ans, lui non plus. Le soir, ils s'étaient revus au bal. Elle ne savait rien de ce garçon, seulement sa nationalité, italienne, et son prénom, Bruno.

Plus tard, elle avait obéi à Douce, elle avait accepté de l'épouser, lui, Serge. Elle n'en avait aucune envie, mais elle avait cédé.

Ils avaient appris à se connaître, et à s'entendre. Bien que Rose fût secrète, ne livrât pas ses sentiments. Lui non plus n'était pas ce qu'on pouvait appeler expansif, a-t-il ironisé.

Au bistrot, au contact des clients, Rose s'animait. Elle avait le métier dans le sang. Tout ce que Serge connaissait en matière de sauces et de pâtisserie, c'est elle qui le lui avait enseigné.

Elle avait fini par convenir qu'il ferait un père acceptable pour sa fille.

– Alors pourquoi avoir accepté de me confier aux sœurs Rigal ?

– Quand Rose s'est mise à saigner une semaine après l'accouchement, elle m'a téléphoné pour que je vienne te chercher. Elle ne m'a pas dit ce qui lui arrivait, ni de me dépêcher. Je n'ai jamais compris la raison pour laquelle elle tenait tant à ce que ce soit moi qui te garde, pourquoi elle n'était pas allée à l'hôpital en te laissant à l'une de tes grands-mères. J'étais en plein service alors le temps de venir, Rose avait perdu trop de sang. Ils n'ont pas réussi à la sauver. Tes grands-mères m'ont jugé coupable.

Serge m'a jeté un regard timide.

– Veux-tu que je t'emmène pêcher à l'étang de Bonnecombe ? C'est seulement à quelques minutes en voiture, au bout de la route.

J'ai accepté sans quitter des yeux le lac de Saint-Andéol qui frissonnait de lumière. La brume s'était dissipée. La surface plane de l'eau se piquait de milliers de points noirs, un tapis de clous.

Quand la voiture a démarré, je ne me suis pas retournée. Je savais que je ne reviendrais plus sur la terre de Renée Rigal. J'avais décidé de la vendre à Clémence et

Bernard. Ainsi la fille retrouverait-elle la trace perdue du père. Je la leur céderais à son juste prix. Avec cet argent et celui de la cession de l'exploitation, nous achèterions une maison dans laquelle mon père vivrait, où je passerais des vacances.

Serge a pointé du doigt un taureau bourru à l'allure de bison qui paissait près de l'étang. L'animal couleur de pain d'épices léchait une pierre à sel, ses onglons griffaient la terre humide.

Sur la crête, les bosquets des hêtres formaient comme une île au milieu des champs, une carapace de scarabée géant en suspension. Le résultat de l'abroutissement par les troupeaux bovins des branches basses des arbres. Tous leurs troncs apparaissaient également dénudés, leurs houppiers bombés, une ligne de flottaison formée sur le ciel trop proche.

– Ce tableau-là n'a pas bougé depuis le XIIe siècle, a dit mon père, comme si c'était censé me rassurer.

Au-dessus de nous, haut dans le ciel, un oiseau de proie tournoyait. Ses ailes brunes battaient lentement l'air frais.

– Les truites de Bonnecombe m'ont toujours fait penser à ta mère. Elle aussi était prisonnière d'un lac.

12

Je ne m'en souvenais pas, mais le monument érigé pour Rose ne comportait ni stèle ni croix. Seulement une jardinière où venaient d'éclore quelques narcisses blancs à cœur jaune. L'œuvre de Douce.

J'ai jeté un œil vers la tombe voisine. Garnie d'une plante verte bien grasse, elle se parait de marbre noir et d'une plaque gravée : À Roger, dit Tonton. Ses copains de Citroën Levallois.

Disparu à l'âge de cinquante-cinq ans, en 1972, à la grande époque du *Demoiselle* dont la majeure partie de la clientèle se composait des ouvriers de l'usine du constructeur automobile, Tonton avait sans doute bu un café au comptoir des sœurs Rigal. Cette idée m'a fait sourire.

J'ai descendu l'allée de platanes du grand cimetière avec à mes côtés Dominique, Jean-Claude, Margot, Sarah, Clémence, Gabriel, Nicole et Bernard, un vol d'hirondelles en formation.

Tout à l'heure, on reposerait la simple dalle de pierre blanche qui portait déjà le nom de ma mère. Bientôt, j'y ferais inscrire ceux d'Annie et de Douce puisque, dans un curieux mouvement de balancier, j'avais ramené leurs corps à Levallois-Perret.

Cette fois, les Pompes Barthot s'étaient montrées irréprochables. J'avais eu droit au Renault Kangoo, à l'heure dite, et même à un coup d'œil appuyé de l'officier d'état civil, dont les allers-retours des cercueils Rigal avaient finalement éveillé l'intérêt.

Deux jours plus tard, j'entrais dans l'appartement du premier étage pour la dernière fois. Les déménageurs n'allaient pas tarder. La veille, Sarah et Margot m'avaient aidée à finir de ranger les affaires de mes grands-mères. Il ne me restait plus qu'à débarrasser le petit semainier de Granita.

J'ai retrouvé la missive de Bernard la menaçant d'un procès, le contrat de cession de la terre d'estive aux Alazard. Je les ai glissés dans le carnet offert plus tôt par Clémence, dans lequel elle avait recopié les recettes de cuisine de Madeleine, autant de chemins qui dessinaient la carte du pays de mes grands-mères. Celui de ma mère, le mien.

Le dernier carton emballé, j'ai marché vers la cuisine. Je me suis assise derrière la table en Formica bleu, à ma place, entre Douce et Granita.

La sonnerie de la porte d'entrée a retenti. J'ai embrassé du regard une dernière fois la petite pièce carrelée, en cherchant de toutes mes forces à l'inscrire dans ma mémoire, à l'intérieur de mes cellules.

Et pour cela j'ai convoqué un souvenir qui m'est à la fois cher et douloureux.

Chaque premier dimanche du mois de janvier, après avoir dégusté un gigot rosé à l'ail et aux flageolets, mes grands-mères tiraient les rois. À cette occasion, elles fabriquaient chacune leur propre galette. Annie était, elle aussi, très bonne cuisinière. Douce la surpassait en viandes et accompagnements. Granita était championne des entremets, en particulier de la tarte aux pommes, de la tarte aux quetsches et de la galette des rois. La composition de la frangipane restait l'un de leurs grands sujets de désaccord.

Celle de Douce se composait d'un quart de crème pâtissière, un quart de crème d'amandes, un quart de crème de noisette et un quart de crème de pistache. Annie respectait la recette traditionnelle : un tiers de crème pâtissière, deux tiers de crème d'amandes. Après des années de dispute, il avait été décidé que je serais l'unique juge d'une compétition féroce en cuisine.

On déposait donc devant moi, sur une assiette de porcelaine, deux parts de galette à l'aspect identique, dont chacune contenait la traditionnelle fève, afin que je ne puisse pas être « achetée ».

Le feuilletage beurré de Granita fondait sur la langue. La frangipane de Douce éclatait en bouche, fusion explosive de fruits secs, rhum et sucre glace. Je ne savais pas laquelle choisir, alors, quitte à me rendre malade, je reprenais une part de chaque gâteau pour retarder le moment d'annoncer la gagnante. En attendant, mes deux grands-mères restaient assises à table sans dire un mot, face à face, dos droit et couronne sur la tête.

Mes deux reines.

Remerciements

Merci à celles et ceux qui m'ont fait l'amitié de partager leur histoire, d'évoquer leurs souvenirs : André, Claire, Claudette, Christian, Didier, Elizabeth, Emma, Emmanuelle, Fred, Gonzalo, Isabelle, Jean, Jean-Pierre, Laurent B, Laurent M, Lucien, Marie-Lucie, Maurice, Nadège, Nathalie, Olivia, Patrick, Rémi, Serge, Virginie, Yves.

Merci à Patrick Lafont, mon guide et poète de l'Aubrac.

Merci à Daniel Crozes, Vinciane Despret, Jocelyne Porcher, dont les ouvrages ont été des sources précieuses.

Merci à Charlotte Hellman, ma première lectrice.

Merci à Béren pour son hospitalité.

Merci à Liana Levi et Sandrine Thévenet pour leur confiance, leur regard.

Merci à Amélie Dor et Élodie Pajot pour leur énergie, leur engagement.

Merci à Arthur, Juliette et Rosalie, pour tout.

Deuxième réimpression

Achevé d'imprimer sur Roto-Page en octobre 2023
par l'Imprimerie Floch à Mayenne
N° d'impression : 103520

Dépôt légal : mars 2020

Imprimé en France